봉직 의사

봉직 의사

어느 보통 의사의 생존기

초판 1쇄 인쇄 2022년 8월 17일
초판 1쇄 발행 2022년 8월 31일

지은이 닥터 키드니

책임 편집 권정현
편집 양지원
디자인 윤소연
일러스트 오하이오(Ohio)

마케팅 총괄 임동건
마케팅 지원 전화원 한민지 이제이 한솔 한울
경영 지원 임정혁 이지원

펴낸이 최익성
출판 총괄 송준기
펴낸곳 파지트
출판 등록 제2021-000049호
제작 지원 플랜비디자인

주소 경기도 화성시 동탄원천로 354-28
전화 070-7672-1001 **팩스** 02-2179-8994 **이메일** pazit.book@gmail.com

ISBN 979-11-92381-17-6 03810

봉직 의사
어느 보통 의사의 생존기
닥터 키드니 지음
10
PAZIT

프롤로그

어쩌다가

우연히, 뜻밖에 생긴 일을 우리는 '어쩌다'라고 표현한다.

나는 의사면허증 발급 햇수가 14년, 7년 차인 내과 전문의이다. 집에서는 아이가 나를 기다리고 매달 25일이면 월급날을 기다리는 봉직 의사다. 어쩌다 의사가 된 경우는 아니다. 나에게 '어쩌다 의사, 어쩌다 의대' 같은 행운은 없었다. 원하지 않았는데도 좋은 결과가 나온 적은 없었다.

우연히 얻은 기회가 아니었다. 의사가 아닌 그 무엇도 되고 싶지 않았다. 기필코 의사가 되고 싶었다. 특별히 재능 없는 평범한 소녀가 의사가 되기 위해서는 열심히 하는 수밖에 없었다. 많은 시간을 투자하고 내 몸을 던져야 했다. 서울 강북에 위치한 여고의 재학생이 의대에 간 것은 몇 년만이라고 했다. 비록 지방에 있는 의대이긴 했지만 의대에 입학하고 나서도 누구보다 오래 책상에 앉아 있었다. 뛰어난 이해력도 암기력도 없어서 손이 고생했다. 꾹꾹 눌러 암기하는 버릇으로 내 오른손은 성할 날이 없었다. 의대 졸업과 함께 얻게 된 의사면허증은 성실한 삶에 대한 보상이었다. 의사가 되었지만, TV에서만 보던 의사들의 세계에 발을 들여놓기 위해 더욱 치열하게 살아야 했다. TV가 꺼진 뒤 배우들은 휴식을 취했을 테지만, 현실의 나는 뛰어다녀야 그곳에서 살아남을 수 있었다.

치열함의 결과로 의사라는 번듯한 직업을 가지게 되었지만, 동시에 평생 약을 먹어야 하는 환자가 되었다. 타인의 고통에 집중해야 하는 직업의 맹점이었다. 기필코 의사가 되고 싶었는데 어쩌다 보니 환자도 되어있었다. 의사가 되고, 환자가 된 지 10년이 넘어서야 깨달았다. '어쩌다'는 결코 우연히 얻어진 행운을 의미하는 것이 아니라는 것을. '어쩌다'는 환자들에게 더 잘 어울리는 말이었다. 원하지 않았는데 얻게 된 뜻밖의 일은 환자들에게 더 자주 일어났다. 원해서 환자가 된 사람은 아무도 없었다. 의사이자 동시에 환자로 살며 어쩌다 알게 된 깨달음이었다.

기억은 언제나 자기 멋대로이고 실수투성이다. 의사가 된 첫 해, 나를 괴롭힌 증상들이 실제보다 과장돼서 내 기억 속에 저장된 것은 아닌지 확인이 필요했다. 나에 대해 객관적으로 판단할 수 있는 사람은 나와 같은 의사뿐이다.

그동안 받았던 진료기록 전부의 발급을 원했다. 의무기록실 직원은 양이 너무 많다며 손사래를 쳤다. 처음의 기록, 초진 기록만 확인해보기로 했다.

초진 기록

2009년 7월 17일

3~4개월 전부터 복통, 혈변, 설사 하루 8~10번

체중감소 없음

의사가 되자마자 시작된 나의 고통들. 그때 나의 증상을 한 단어로 깔끔하게 기록해 놓은 교수님의 초진 기록에는 그 어떤 과장도 없다. 그렇게 힘들었으면서도 체중감소가 없다는 걸 보니, 그때도 다이어트는 실패였구나. 많이도 먹었나 보다. 초진 기록 어디에도 내가 겪었던 고통의 무게를 찾아볼 수가 없었다. 차갑게만 적힌 객관적인 기록에 교수님에게 서운한 감정마저 들었다. 고통은 오롯이 자신의 것이었으므로 그에 대한 기록은 경험한 자만이 말할 수 있다.

다시 써보는 그때의 기록

2009년 의사가 된 지 한 달째

죽지는 않겠지만 죽을 것 같은 복통, 혈변, 설사 하루 8~10번

통증으로 밤에 잠을 이룰 수 없어 변기를 옆에 끼고 화장실에서 잠들고 싶음

아무리 먹어도 살은 찌지 않고, 나날이 수척해져 해골 형상이 됨

혈액과 점액을 함유한 묽은 변 또는 설사가 하루에 수회이상 나타난다. 복통, 체중 감소, 빈혈을 주요 호소 증상으로 젊은 환자가 내원하면 의사는 염증성 장질환을 의심한다. 염증성 장질환은 궤양성 대장염과 크론병을 말한다. 가수 윤종신은 크론병을 고백했고, 이젠 고인이 된 아베 신조 전 일본 총리는 궤양성 대장염의 악화로 사임한 바 있다. 크론병과 궤양성 대장염은 이란성 쌍둥이 같은 질환으로 나는 궤양성 대장염 환자다.

초진 기록지에 적힌 객관적인 문장은 건조하다 못해 불면 날아갈 것 같이 가볍다. 죽지는 않지만 죽을 것 같은 고통과 모욕감을 준 그 질병은 내겐 꽤 버겁고 무거웠던 질병이었다.

오늘도 차가운 얼굴을 하고 잘 다려진 하얀 가운을 입고 환자를 맞이한다. 진료실로 환자가 들어온다. 한순간에 환자가 된 그는 어쩌다가 이런 몹쓸 병에 걸렸는지 모르겠다며 나를 붙잡고 신세 한탄을 한다. 환자의 이야기를 듣고 키보드를 두드려 진료기록을 작성했다. 온기 하나 없는 차가운 진료기록이다. 이 기록으로는 환자가 호소하는 고통의 일부도 가늠할 수 없을 것이다.

"의사 선생님은 이렇게 아픈 적 없으셨죠?"

환자의 아픔에 동의를 표할 수도 이의를 제기할 수도 없었다. 침묵으로 답했다. 그 어떤 말로 환자를 위로할 수 있을까.

환자가 된 의사.

존재의 아이러니 속에 모든 걸 감추고 살았다. 괜찮은 척하며 세상을 더 차갑게 만들었다. 당신 앞에 앉아 있는 의사도 "환자다"라는 고백을 듣게 된다면 위안이 될까. 환자의 아픔은 하늘에서 내리는 비와 같다. 달리다가 이마에 떨어진 물방울이 땀인 줄 알았는데, 알고 보니 하늘에서 비가 왔던 것이다. 의사가 되기 위해 어쩔 수 없이 흘린 땀방울이라 생각했는데, 하늘에서 내린 비를 맞은 것이었다. 손바닥으로 하늘을 가려도 무참하게 떨어지는 비를 피할 수 없었다.

의사의 존재 이유가 미처 경험해 보지 못한 세계에 대해 조언해 주는 사람이라면, 환자이자 의사인 나만 알고 있었던 고통, 의사이자 환자로서 유난했던 나의 경험을 드러내도 괜찮을 것이다. '의사도 당신과 같은 사람이다'라는 말 한마디를 하고 싶었다. 진료실과 집에서 고군분투 중인 봉직 여의사의 삶에 대해서도 고백한다.

나의 경험과 고백이 누군가에게는 위로가, 누군가에게는 가보지 못한 길에 대한 이해가 되길 바란다. 위로와 이해, 공감이 세상의 온도를 상승시킨다. 우리 몸의 체온이 1도만 올라가도 면역세포의 활동이 활발해져 건강해지듯, 나의 글들이 세상의 온도를 상승시켜 좀 더 건강한 사회가 되었으면 좋겠다.

2022년 8월

닥터 키드니

목차

2장
대한민국에서 여자 봉직 의사로 산다는 것은

3장
의사지만, 엄마는 처음이라

4장
내과 의사의 건강한 잔소리

1장

의사가 되고 싶었을 뿐인데,

환자가 되어있었다

의사면, 공부 잘했겠네요

열심히 하긴 했어요, 그런데요

"의사면, 공부 잘했겠네요."

사람들이 내게 묻는다. "네, 열심히 하긴 했어요"라는 대답이 반사적으로 튀어나간다. 괜한 겸손이 아니다. '모든 완전한 것에 대해 우리는 그것이 어떻게 생겨났는지 묻지 않는다'라는 니체의 말처럼, 우리는 현재의 모습만 보고 과거를 단정짓곤 한다. 완전한 것들이 밟았던 그 과정도 쉽지 않았을 텐데, 나는 '완전'이라는 단어를 올리기에 한참 부족하다. '완전하지 못한 나'이기에, 이 자리에 오기까지 수많은 헛발질이 있었다. 어디서부터 어디까지 열심히 했는지 한 번쯤은 말하고 싶었다. 쌀로 밥 짓는 뻔한 이야기로 들릴 법하지만 한 번은 해야겠다. 내게 그 시작은 공부가 될 수밖에 없다.

"밤이 늦었다. 그만 하고 자거라."

이번에는 엄마다. 또래들이 흔히 듣는 공부하라는 잔소리는커녕 엄마는 내게 그만하라고 한다. 시간이 몇 시인지 알리는 엄마의 목소리에는 딸에 대한 대견함보다는 안타까움이 더 많다. 하지만 나는 침대에 몸을 뉘일 수가 없다. 되지도 않는 머리로 시험을 잘 보기 위해서 방법이 없었다. 이 밤의 끝을 붙잡고 늘어질 수밖에…. 이런 내 마음을 아는지 모르는지 시간은 무심하게 흘러갔다. 어느새 창밖의 어두움이 밝아지고 있다. '진짜 이것까지만…….' 내 볼멘소리는 푸르른 새벽까지 이어지고 있었다. 재능이 없었다. 내게 공부는 결코 신나고 즐거운 일이 아니었다.

'오래 보아야 사랑스럽다. 공부 너도 그렇다.'

공부를 잘하기 위해 나는 오래 보아야 했다. 새 학기가 시작되면 으레 중간고사, 기말고사 일정부터 살폈다. 그때부터 생각했다. 내가 이 시험을 준비하는 데 오랜 시간을 확보하려면 어떻게 해야 하는지 일정을 조정했다. 남들보다 일찍 시작했다. 당신이 상상하는 것 그 이상 월등히 많은 시간을 확보하고도 시간은 부족했다. 남들보다 먼저 시작했음에도 시간은 더 필요했다. 오랜 시간 공부했음을 확인하는 방법으로 나는 이따금씩 교과서 아래를 살폈다. 책 두께의 더럽혀진 선이 어디까지인가 확인하는 버릇이다. 그 두께가 회색빛으로 변할 때까지 보고 또 봤다.

〈1만 시간의 재발견〉에서 '엄청난 시간을 투자하지 않고 비범한 능력을 개발한 사람은 없다'라고 했다.* 내가 해야 하는 모든 것에 내가 가진 시간 대부분을 투자했다. 엄청난 시간을 투자했음에도 나는 비범하지 못했다. 내가 했던 노력에 비하면 부족한 성적이었다. 가끔씩 드러나는 실망스러운 결과에도 나를 꾸짖는 사람은 아무도 없었다. 대신 이런 나를 보며 다들 안쓰러운 표정을 지었다. 그들은 이렇게 평가한다.

'무엇을 하든 무던히도 애쓰는 안타까운 인간'

나 스스로에게 내린 평가와 일치한다. 변명도 자책도 하지 않았다. 시간을 다시 돌이켜도 이보다 더한 그 어떤 노력은 할 수가 없다.

지금도 가끔 시험 보는 꿈을 꾼다. 그 꿈에서 나는 미처 다 준비하지 못했다. 시간은 부족했고, 마지막까지 손에서 교과

• • •

* 안데르스 에릭슨 외(2016), 〈1만 시간의 재발견〉, 강혜정 역, 비즈니스북스.

서를 놓지 못하고 있었다. 악몽이다. 꿈이라서 다행이다. 하지만 현실의 나도 늘 시간이 부족했다. 내가 꾼 꿈이 꿈이었는지, 과거의 내 모습인지 헷갈린 적도 여러 번이다.

"의사면, 공부 잘했겠네요"라는 물음에 대한 첫 번째 대답은 바로 이거다.

"네, 그때 제가 가진 시간의 대부분을 공부하는 데 썼습니다. 공부했던 기억이 가장 많습니다. 그러고도 지방에 있는 의대에 갔습니다. 그게 제가 한 최선이라서 후회는 없습니다."

'살면서 성실하게 노력한 만큼 공정하게 돌려받은 경험이라고는 몸을 쓰는 일밖에 없었다'라는 작가 허지웅의 말처럼,* 내가 살면서 그나마 공정하게 돌려받은 유일한 것은 공부였다. 공부야말로 내게 몸 쓰는 일이었다.

머리를 믿지 않았다. 머릿속에서는 분명 다 알고 있다고 생각했던 것도 뒤돌아서면 헷갈리기 시작했다. 눈도 믿을 수 없었다. 방금 전까지 내 두 눈으로 멀쩡히 봤던 것도 눈 한번 껌뻑하고 감으면 감쪽같이 사라지곤 했다. 머리와 눈은 믿을 수 없지만, 손은 믿을 만했다. 눈으로 보지 않고 손으로 완벽하게

• • •

* 허지웅(2020), 〈살고 싶다는 농담〉, 웅진지식하우스.

쓸 수 있을 때까지 쓰고 또 썼다. 머리는 기억하지 못해도 손은 기억할 수밖에 없었다.

'교과서 위주로 공부했어요'라는 수능 만점자들의 뻔한 대답처럼 나 역시 교과서 위주로 공부했다. 하지만 내 교과서는 남들과 달랐다. 검은색 글씨에 빨강, 파랑, 초록색 펜과 화려한 형광펜으로 나만의 교과서를 새로 만들었다. 색색의 펜으로 손의 지루함을 달래고 자꾸만 잊어버리는 눈에게도 자극을 주기 위함이었다. 이렇게 몸을 쓰며 공부한 건, 결국 집중력을 높이게 하는 방법이기도 했다.

공부하기 위해 나는 내 몸과 싸워야 했다. 자꾸만 들썩거리는 엉덩이를 의자에 붙이고 외워질 때까지 손으로 반복했다. 손의 기억을 돕기 위해 입이 마를 때까지 소리를 내며 읽었다. 자꾸만 내려오는 무거운 눈꺼풀을 이겨야 했다.

"의사면 공부 잘했겠네요"라는 물음에 두 번째 대답은 "네, 저는 제 몸과 싸웠어요"이다.

이렇게 몸을 쓰며 공부한 증거는 아직까지 남아 있다. 오른쪽 세 번째 손가락의 굳은살, 오른 손목의 결절종 그리고 유난히 앞으로 튀어나온 내 오른쪽 어깨, 이런 내 신체 기형은 내가 내 몸과 싸운 증거다.

'친구 M이 내 말을 듣고 기분 상하지 않았을까?' 하굣길에 있었던 친구와의 대화를 곱씹는다. 저녁 내내 공부는 하지 않고 생각에 빠져 있다. 몸은 책상에 앉아 있지만 마음은 그 친구에게로 갔다. 언제나 제멋대로인 마음은 내 책상을 떠나 여기저기 돌아다니고 있다. 나는 몸의 본능을 이기는 방법을 알고 있었지만 마음에게는 속수무책이었다. 오늘은 영 공부할 기분이 아니다.

친구와의 관계가 틀어지고 감정이 흔들리는 상태에서 나는 어느 것에도 집중할 수 없었다. 신경 쓰이고 불편한 기분으로 공부가 될 리 없다. 언제나 친구에게 먼저 손을 내밀었다. 어느 순간부터는 애초에 그런 여지를 만들지도 않았다. 항상 예스 걸, 착한 아이로 살아가기를 주저하지 않았다.

친구들은 화려한 내 수제 교과서를 원했다. 거기엔 수업시간에 적어두었던 시험에 나올 만한 것들이 다 들어있었다. 기꺼이 빌려주었다. 그건 그들을 위한 선의가 아니었다. 언제나 제멋대로인 내 마음, 내 기분을 위해서였다. 친구들에게 도움이 된다는 것, 내가 중요한 사람이라는 것은 기분 좋은 일이었다. 수업시간에 선생님의 말을 귀담아 듣고 친구들이 알아보기 쉽도록 또박또박 적었다. 친구들에게 책을 대여해 주는 것이 내 마음을 평안하게 했다.

나는 작은 것에도 쉽게 요동치는 가벼운 사람이었다. 사소한 것들을 무시할 만큼 심지가 굳지 못했다. 공부에 집중하고 싶어서 내 기분을 휘젓는 모든 것들을 제거해야 했다. 착한 아이로 살아가기로 마음먹은 이유는 철저하게 계획된 일이었다. 나에게 도움이 되는 기분을 선택할 수 있었다.

이것이 "의사면, 공부 잘했겠네요"라는 질문의 마지막 대답이다.

공부 잘하게 되기를 간절히 원했다. 그건 결코 우연이 아니다. 타고나길 잘나지 않았기에 나를 이기려는 수많은 본능과 싸워야 했다. 내가 가진 모든 시간을 모두 쏟아 공부와 친해지려고 했다. 작은 것에도 쉽게 흔들리는 사람이었기에 주변의 모든 것들을 평화롭게 만들었다. 이기적인 본능을 누르고 이타적인 인간이 되어야 했다. 어느 것 하나 소홀할 수 없었다. 이 모든 걸 매일 되풀이했다.

아직 끝나지 않았다. 어쩌면 아무리 거듭해도 비범함 같은 건 영영 찾을 수 없을지도 모른다. 하지만 나는 어제 했던 것처럼 오늘도, 내일도 매일 할 수밖에 없다.

지금의 나는, 과거 어느 날부터 지금까지 매일 매 순간 철저했던 노력의 산물이다. 한순간도 긴장을 풀고 쉽게 살아갈 수 없는 이유다.

어설픈 이 글도 지금 다섯 번째 고치고 있는 중이다. 이 글을 앞으로 몇 번을 더 고쳐야 할지 잘 모르겠다. 아마 수십 번은 더 고쳐야 하고, 그래도 마음에 들지 않을 것이다. 후회는 없다. 그동안의 내 인생이 그랬던 것처럼 모든 것을 애쓰며 살아냈고, 최고의 결과를 내지 못해 늘 아쉬웠지만 이게 바로 '나'이기 때문이다.

꿈이 의사였길 망정이지

"의대 왜 온 거야?"
"성적에 맞춰서 온 거지."
"돈 많이 벌려고…."

의과 대학에 들어와서 알았다. 인생에 다양한 사연이 있는 만큼, 의대에 들어온 친구들도 각자 사연이 있었다.

"그러는 너는 왜 의대 왔어?"
"나는 의사 되려고…."

공부를 잘해서 의사가 되고 싶었던 건지, 의사가 되고 싶어서 공부를 잘했던 건지 확실하지는 않다. 그 둘은 거의 동시에 일어났다. 확실한 건 의사라는 꿈을 강요받은 적 없었고, 성적에 맞춰 내 꿈을 정한 것도 아니었다. 운명도 아니다. 한 번에 결정하지 못했다. 그 또래 대부분의 아이들이 그랬듯, 이리 재보고 저리 재보고 내게 맞는 길을 찾고 있었다.

평범한 외모에 이렇다 할 재능 하나 없던 내가 선택할 수 있는 건 몇 개 없었다. 초등학교 1학년 때의 꿈은 가수였다. 엄마는 초등학교 1학년 공개 수업 때 교실에 갔다가 내 꿈이 가수라는 걸 알았다. 그전까지 엄마는 내 꿈이 가수였는 줄 꿈에도 몰랐다고 한다. 엄마는 진작에 알았을 것이다. '쯧. 노래를 그렇게 못하는데….'

나도 귀가 있으니, 알게 되었다. 노래를 잘하지 못한다. 노래방 점수는 90점 넘기가 정말 어려웠다. 노래는 내게, 하면 안 되는 일이었다. 가슴에 늘 새기고 다녔던 우리 집 가훈 '하면 된다'의 시작은 '내가 하면 되는 일'을 찾는 것부터였다.

가수라는 삶을 살 수 없게 되자, 눈을 돌렸다. 1990년대에 나왔다 하면 히트 쳤던 의학 드라마들 가운데 대표작 〈의가형제〉, 〈해바라기〉에서 하얀 가운을 입은 그들이 내 눈에 들어왔다. 내 삶을 포기하고 철저하게 타인을 위해 사는 사람들은 사는 것 자체가 남에게 도움이 되는 삶이다. 그저 내 일을 했을 뿐인데, 내가 한 그 모든 행위가 타인에게 도움을 주는 일이라니…. 의사가 되고 싶었다. 진부한 표현이지만 정말 그랬다.

그렇게 살 수만 있다면 더 이상 바랄 것이 없었다. 나의 꿈을 키운 건 팔할이 메디컬 드라마였다.

소녀의 마음에 의사라는 꿈의 씨앗이 뿌려졌다. 그 씨앗을 틔우기 위해 다른 건 필요 없었다. 의대에 들어가기 위해 공부를 잘하는 것뿐이었다. 다행히 공부는 내게 의사가 될 수 있는 가능성을 열어 주었다. 그 보답으로 나는 마땅히 공부를 잘해야만 했다.

고등학교 2학년 때 이과를 선택하고, 종국엔 의대에 들어갈 거라고 말했다. 엄마는 말이 없었고 아빠는 씁쓸한 웃음을 지었다. 대견하기도 했겠지만 힘든 길을 가려는 딸이 안쓰러웠던 것이다.

돈을 벌어야 해서 의사가 되고 싶었던 건 아니다. 집에 돈이 부족하지는 않았다. 부자라는 뜻은 아니다. 여유작작했던 살림은 아니었다. 아빠는 평생 한 직장에 다녔고 엄마는 빠듯한 살림에 늘 부업을 해서 생활비를 보탰다. 평생 부모님이 쉬는 걸 본 적 없다. 부모님은 무엇을 버리고 새로 사는 법이 없었다. 20년 전에 산 친정엄마의 세탁기는 지금도 돌아가고 있다. 부모님은 내 앞에서 열심히 가계부를 두드렸지만 돈타령은 하지 않았다. 부족한 게 있기는 했다.

잽싸게 밥 밑에 통조림 햄 스팸을 감추고 몰래 하나를 더 집었는데 들켰다. 그때 나는 사고 싶은 건 별로 없었고 먹고 싶은 것만 많았다. 2살 차이 남동생과도 늘 먹는 걸로 싸웠다. 빠빡한 살림에도 엄마는 먹을 거 만큼은 아끼지 않았다. 피자, 스파게티, 햄버거 등 먹고 싶은 것만 말하면 엄마는 주방에서 뚝딱뚝딱 잘도 만들었다. 그럼에도 스팸은 부족했다. 스팸을 제외하고는 부족함 없이 자랐다. 먹고 싶은 거 충분히 다 먹고 자란 나는 돈을 많이 벌어야겠다는 생각은 해본 적이 없다.

의사라는 건 되고 싶었던 꿈 그 자체였지, 그 어떤 수단이 아니었다.

세상의 모든 일이 우연의 연속이듯 모든 건 우연이었다. 메디컬 드라마를 보고 의사의 꿈을 키운 것, 공부를 잘하게 된 것, 내가 걷고 있는 이 길도 우연의 연속이었던 사실을 부정할 수 없다. 하지만 우연을 가장한 행운의 기회는 스스로 만들었다는 것을 믿어 의심치 않는다.

의사라는 직업이 공부를 잘해야 할 수 있어 다행이다. 꿈이 의사였길 망정이지. 의사가 달리기를 잘하거나 노래를 잘 불러서 할 수 있는 직업이었다면, 진작에 포기했을 것이다. 아니 어쩌면 이 세상 모든 것들이 노력으로 될 수 있는 일이라면, 아직도 죽자 살자 그것들을 잘해보려고 애쓰고 있었는지도 모르겠다. 소녀의 가슴에 품은 씨앗은 쉽게 꺼지지 않았을 테니 말이다.

병원에서 의사가 죽었다

슬프지만 놀라지 않았다

병원에서 의사가 죽었다. 설 연휴를 앞둔 날이었다. 2019년 2월 인천 가천대 길병원에서 근무하던 소아과 전공의가 당직실에서 싸늘한 주검으로 발견되었다. 당직 근무 중에 잠시 눈을 붙였을 그는 그렇게 영영 깨어나지 못했다. 그 소식을 처음 접했을 때 마음이 쓰라리고 안타까웠다. 하지만 놀랄 일은 아니었다. 웬만한 병원에서 수련을 받아본 의사는 충분히 그런 일이 일어날 수 있다고 생각한다. 우리의 수련 환경은 사람들이 어떤 것을 생각하든 상상 이상이었다.

의과 대학 6년을 졸업하고 드디어 의사가 되었다. 의사들은 의사면허증을 받고 원하는 병원에서 일할 수 있다. 그들 대부분은 인턴이 된다. 공식적으로 인턴도 의사이기 때문에 환자를 진료할 수 있지만 진료의 권한이 바로 주어지지는 않는다. 인턴은 다른 의사들의 조수 역할을 한다. 병원에서 근무하는 의사들 중에 가장 바닥에 있다.

인턴은 몸으로 일하는 사람이다. 실전에 바로 투입되어야 하지만 아는 것이 없다. 교과서로 배운 의학지식을 말하는 것이 아니다. 병원 구석구석 위치한 각종 검사실의 위치를 잘 알고 있어야 한다. 하지만 대부분의 인턴은 넓은 대학 병원 속 검사실 위치를 모른다. 그들은 발로 뛰며 몸을 쓸 수밖에 없다. 게다가 그들은 눈치도 없다. 책상에 앉아 공부만 하고 세상 밖을 나와보지 않았으니 눈치가 생길 기회가 없었다. 혹시 당신은 눈치가 빠른 사람인가. 그렇다면 3월 초 대학병원에 가보라. 그곳에서 가장 어리바리한 사람이 바로 인턴이다.

3월의 첫 텀으로 대학병원 심장내과에 배정이 되었다. 병원의 밤과 새벽, 아침은 구분 지을 수 없다. 경계가 모호하다. 밤새 응급콜들을 해결하다 보면 어느새 새벽을 지나 아침 회진을 위한 준비가 이어졌다. 초보 의사인 나의 아침 일상이 시작되는 건 새벽 4시였다. 모든 것이 서툴렀던 나는 그쯤 일어나야 제대로 일을 마칠 수 있었다.

새벽 4시, 중환자실에서 동맥혈 채혈을 하고 심전도를 찍었다. 24시간 환하게 불이 켜져 있는 중환자실은 낮과 밤이 따로 없다. 인공호흡기, 체외순환기, 혈액투석기가 쉴 새 없이 돌아간다. 대낮같이 밝은 조명 아래 환자들 대부분은 잠들어있었다. 그들은 서툴고 새벽에 부산 떠는 신참 의사에게 너그러운 유일한 사람들이었다.

반면, 병동 환자들은 능숙하지 않은 인턴이 새벽부터 돌아다니는 것을 이해하지 못한다. 어두움을 헤치고 병실을 방문할 때마다 날카로운 말들이 날아왔다. 아마도 그들은 내가 의사였는지조차 몰랐을 것이다. 그런 환자들에게 미안한 마음이 들어서 가능한 아침에 가장 가까운 시간, 동이 틀 무렵 병실 문을 두드렸다.

인턴이 된 나는 일주일에 168시간을 일했다. 하루는 24시간이고, 일주일은 7일이니 일주일 내내 병원에 있었다는 뜻이다. 일이 서투니 온종일 병원에서 머물며 적응하는 기회를 준다는 좋은 취지였다.

한평생 노동자의 의무와 권리를 다했던 아빠는 이런 상황을 이해하지 못했다. 법정 근무시간이 정해져 있는데, 어디 그런 직장이 있느냐고 물었다. 2017년 12월부터 전공의 주 80시간 근무법이 시행되었지만, 당시 인턴 및 전공의는 근로기준법을 적용받지 않는 무소불위의 계급이었다.

병원에서 먹고 자는 건 의사들에게 특별한 일이 아니다. 기본적으로 의식주는 병원에서 해결했다. 옷은 수술실의 스크럽복과 크록스 신발 한 켤레로 충분했다. 병원 당직실 침대가 내

작은 집이 되었다. 당직실에 주어진 빵과 라면으로 끼니를 대신했다. 눈을 뜨고 있을 때는 주어진 일을 해결하느라 바빴다. 여유가 있을 때는 눈을 감고 잠을 청했다. 잠을 잘 때에도 전화벨은 끊이지 않았다. 모든 것이 서툴렀기에 나를 찾는 전화는 더 많았다. 제이슨 므라즈의 〈아임 유어즈〉. 내가 가장 좋아하는 음악을 벨소리로 지정해 놓았는데, 가장 듣기 괴로운 노래가 되어있었다.

인턴의 첫 한 달을 통째로 병원에서 보냈다. 일을 하기 위해 엉덩이를 잠깐이라도 붙이면 눈이 감겼다. 졸림은 목구멍 끝까지 올라왔다. 이렇게 일하다가는 목숨이 끊어질 수도 있겠다는 생각도 잠깐 들었다.

악으로 한 달을 버텼다. 3월의 마지막 주 토요일. 오후 12시부터 다음날 새벽 6시까지의 '오프'를 받았다. 인턴에게 '오프'란 전화를 받지 않고 잠을 잘 수 있다는 뜻이다. 아무도 나를 찾지 않는 곳, 전화벨 소리 없이 잘 수 있는 유일한 공간인 집으로 향했다.

분명 겨울의 끝자락에 인턴을 시작했는데 거리는 어느새 완연한 봄이었다. 따가운 햇살과 눈부심도 귀찮지 않았다. 다만 그런 봄날에 어울리지 않는 내 까만색 겨울 패딩이 부끄러웠을 뿐이다.

일부 사람들은 의사의 과도한 업무 시간을 이야기하면 너도나도 다 그렇게 일한다고 한다. 의사들이 일하는 노동의 강도는 상상을 초월한다. 멀쩡했던 환자가 갑자기 중환이 될 수 있다. 일하는 내내 응급이다. 나의 작은 실수로 인해 환자의 생사가 달라질 수 있다. 마음이 항상 조급하고 불안하다. 내 명줄의 일부를 끊어다 그들에게 바치고 싶은 순간도 여러 번이었다. 그들이 살아야 내가 살 수 있었다.

내가 다른 의사보다 사명감이 뛰어난 것은 아니다. 의사라는 직업을 가지는 순간 모두가 그렇게 된다. 환자가 눈앞에서 넘어가는 걸 보면 누구나 밤을 새우고 그들과 함께 생사를 넘나든다. 환자가 한고비 한고비 넘길 때마다 의사의 수명도 함께 닳는다.

의사가 병원에서 환자를 살리는 것은 당연하다. 당연한 일을 하는 의사의 배터리는 충전되지 못했다. 충전되지 못하고 방전된 상태에서 일하던 의사는 결국 일어나지 못했다.

병원에 가지 못하는 의사

초보 의사는 그렇게 눈치가 없었다. 자기 몸에 어떤 일이 발생하고 있는지조차 의심하지 못했다. 그가 보는 환자는 언제나 생사를 넘나드는 중환자들이었다. 젊음으로 무장한 스스로에게 한없이 관대했다.

뚝. 하얀 변기에 새빨간 피가 붉게 물들었다. 병원 생활에 적응한 지 딱 한 달째 되던 날이었다. 흠칫 놀랐지만 차분하게 생각했다. 머릿속으로 소화기내과 제3강을 펼쳤다. 하부 위장관 출혈 중 가장 흔한 것은 치질이다.

'그래, 치질이겠지.'

며칠째 배를 쥐어뜯는 복통이었다. 복통. 교과서에 한 단어로 표현된 그 단어는 너무 가벼웠다. 나에게 복통은 일상생활을 할 수 없을 정도였다. 시도 때도 없이 화장실이 가고 싶었다. 한번 들어만 가면 쉽게 나오지 못했다. 의사들은 가능하면 환자들의 화장실은 이용하지 않는다. 하지만 응급 상황이 자꾸 발생해 실례를 무릅쓰고 그들의 공간을 침범했다. 모두 잠든 밤이면 당직실에서 화장실을 오가느라 밤을 지새우곤 했다.

'다들 꼴깍 넘어가는데, 그깟 치질쯤이야'라고 가볍게 생각했다. 참는 건 내 주특기였다. 시간이 고통을 해결해주길 바랐다. 그럼에도 나의 복통과 혈변은 점점 더 심해졌다. 어디를 가든 화장실 근처를 벗어나지 못했다. 주말에 오프를 받으면 가끔 홍대를 가곤 했는데, 20대 청춘은 홍대 젊음의 거리를 거닐면서도 화장실만을 찾아다녔다.

그렇게 다섯 달을 버텨 녹음이 우거질 무렵이었다. 인턴의 꽃이라는 응급실 인턴이 되었다. 그해 여름은 태어나서 처음으로 더위를 느끼지 못한 여름이었다. 이 직업의 최대 장점은 더울 때 더운 줄 모르고 추울 때도 추운 줄 모른다는 것이다. 서늘한 새벽에 출근하고, 태양이 뜨거운 한낮엔 차가운 공기 가득한 병원에서 근무한다. 밤낮 가릴 것 없이 서늘한 병원에만 있으니 아무리 덥다 하여도 더위는 나와 상관이 없는 것이다. 한여름의 열기, 열대야로 병원을 찾은 환자들을 통해 그 더위를 가늠해볼 뿐이다.

새벽 2시. 무더운 한낮의 열기가 여전히 남아 있을 정도의 열대야였다. 30대 중반으로 보이는 젊은 남자가 응급실로 들어왔다. 그는 B구역(경증환자들) 4번 침대를 배정받았다. 응급실엔 응급하고 중한 환자뿐 아니라 가벼운 증상을 가진 이들도 많았다.

이제는 일상이 되어버린 복통으로 나는 배를 움켜쥐고 그에게로 갔다. 그를 서둘러 문진하고 화장실에 가야 했다. 그는 휴대폰을 만지작거리며 침대에 자리를 잡았다. 그의 주 호소 증상은 3개월 전부터 지속된 두통이었다. 열대야로 잠못 이루는 밤에 이런저런 생각을 하다 문득 생각이 났을 것이다. 두통의 정도를 물어보니 10점 만점에 2점이란다. 그를 진찰하고 있었던 나는 나의 복통에 6점 이상은 거뜬히 줄 수 있었다. 그의 고통을 내 것과 비교해 자로 재고 있었다. 고통으로만 따지자면 그가 배정받은 그 병상은 내가 누워있어야 할 자리였다. 하지만 그곳은 나 같은 의사가 아닌 병원을 찾은 환자를 위한 침대였다.

밤이 존재할 수 없는 응급실을 사수하며 12시간을 연속으로 근무하고 12시간을 쉬었다. 밤 근무를 하고 낮에는 집으로 돌아올 수 있었다. 집에 있는 동안에는 부족한 수면 시간을 채우느라 정신이 없었다. 깨어있는 동안 집에서도 밥을 먹었다 하면 으레 화장실에 가야 했다. 화장실에 한번 들어가면 좀처럼 나오지 못했다.

의료인류학자 '아서 클라인먼Arthur kleinman'은 환자를 둘러싼 의료체계를 크게 세 부분으로 나눈다. 가족, 친구, 지인으로 이루어진 대중영역, 의료인에 의한 전문영역, 약초, 민간요법을 말하는 민속영역이다.*

가족이었던 엄마는 딸인 내가 의사였기 때문에 전문영역을 침범하기 어려웠을 것이다. 엄마는 민간요법을 들고 왔다. 곶감을 준비했다. 곶감의 탄닌 성분이 설사를 멎게 한다는 이야기를 들었기 때문이다.

퇴직을 하고 집에 있던 아빠는 시간이 많았다. 낮에 죽은 듯이 자는 나를 위해 식사를 차려주곤 했다. 움푹 파인 볼, 창백한 얼굴, 정상 생활을 하고 있지 않다고 판단했던 아빠는 내 손을 이끌고 동네 내과를 찾아갔다. 병원에서 근무하는 나는 전문 의료인이었지만, 도무지 전문가로서의 역할을 하지 못하고 있었다. 또 다른 전문가에게 의견을 듣고 싶었던 것이다. 아빠는 의사인 딸보다 감이 더 좋았다.

주증상 복통과 하부 위장관 출혈. 교과서에서 쓰인 대로 동네 내과 의사는 대장내시경을 권했다. 처음 받아보는 대장내시경은 생각보다 고통스러웠다. 시작부터가 난관이었다. 대장내시경을 받으려면 깨끗하게 장을 비워야 한다. 미끌거리는 레몬맛의 장 청결제가 문제였다. 전처치 약제를 끝까지 먹

•••

* 윤은경 외(2020), 「의료인류학의 연구동향과 전망: 개념의 전개와 의료사와의 접점을 중심으로」, 『의사학』, 제29권 제3호, 910쪽.

어야 했지만 반밖에 먹지 못했다. 한 번은 모르고 먹었어도 두 번은 못 할 검사법이었다.

검사 직후 의사와 함께 대장내시경 사진을 보았다. 내시경이 지나간 대장의 점막이 붉어져 있었다. 살짝만 건드려도 피가 났다. 그는 몇 가지 의심되는 병이 있다고 말해주었다. 정확한 병명 확인을 위해 조직검사를 진행했다. 검사 결과는 일주일 뒤에나 확인할 수 있었다.

일주일 뒤, 응급실 낮 근무여서 검사 결과를 들으러 갈 시간이 없었다. 나를 대신해 아빠가 검사 결과를 받아왔다. 누런 봉투 속에 첨부된 문서의 내용은 이러했다.

pathology finding 조직학적 소견

Inflammation 염증

Crypt abscesses, cryptitis

r/o ulcertative colitis, r/o tuberculosis

온갖 의학용어가 난무한 검사 결과지였지만 나는 알아볼 수 있었다. 심각한 것이냐고 묻는 아빠의 말에 괜찮을 거라고 답했다. 고통스럽던 통증이 실체를 드러냈다. 나를 불안하게 했던 복통과 혈변에 이유가 있었다. 괜찮지 않았다.

'나 그동안 많이 아팠던 거 맞구나. 그냥 참을 수 있을 정도의 통증 아니었구나.'

힘든 게 아니라고 스스로를 속이고, 애쓰며 살았던 내가 안쓰러웠다. 방으로 들어와 검사 결과지를 받아 들고 눈이 시뻘게지도록 울었다. 콧물까지 흘리는 서러움이었다. 꺽꺽 나는 소리를 참아야 했다. 아빠 몰래 울음소리를 감추기 위해 입을 굳게 다물었다. 누구에게도 들키고 싶지 않았다.

미련했다. 참는 것이 내 주특기라고 생각했는데, 그저 미련하기만 한 사람이었다. 의심되는 병이 있었지만 애써 외면하고 있었다. 아니길 바랐다.

많은 환자들이 병을 진단받을까 봐 병원에 오기를 꺼려한다. '괜찮겠지' 하는 마음과 '아니겠지' 하는 생각에 스스로를 가둔다. 병원에 오지 않는 사람들은 "시간이 없다"고 말한다. 나도 마찬가지였다. 의사는 자신만을 위한 시간을 함부로 낼 수 없다. 직장인들이 흔하게 사용한다는 연차는 상상도 못 할 일이다. 인턴들 사이에서 연차를 내려면 어떤 과정을 거쳐야 하는지 아는 사람은 없었다. 아니 알 필요가 없었다. 의사는 절대 그럴 일이 없는 사람들이기 때문이다. 의사는 아프면 안 되는 사람이다. 의사가 아프다고 하면 사람들은 오히려 의아해한다. 하지만 의사가 많이 안다고 해서 병에 걸리지 않는 것은 아니며, 의사 역시 병에 대한 두려움이 없는 것도 아니다. 무엇보다 스스로 환자이자, 치료자가 되는 것은 쉽지가 않다. 본인의 상황에 대해 지나치게 낙관적으로 생각하여 진단이 늦어지기도 하고 중간에 치료를 포기하기도 쉽다. 흔하게 약물을 구할 수 있어서 약물을 오남용 하기도 한다.

나는 병원에서 일하고 있었지만 진료받으러 갈 시간이 없었다. 아니, 내가 진료를 받으러 갈 시간이 없었던 것은 내가 병원에서 근무하고 있었기 때문이었다.

하지만 이제는 안다. 모두 핑계였다. '시간이 없어서'라는 건 모든 환자들이 한 번쯤 하게 되는 한낱 변명에 불과했다. 부끄럽지만 고백해야겠다. 이 모든 건 자만했던 초보 의사의 실수였다.

의사지만 환자기이도 합니다

의사가 되고 싶었을 뿐이었는데, 환자가 되어있었다

진료의뢰서를 발급받았다. 내가 근무하는 곳은 대학병원이기 때문에 진료의뢰서 없이는 진료가 불가하다. 동네 내과 의사는 3차 병원 진료를 위한 진료의뢰서를 발급해 주었다. 대장내시경 검사 결과지와 의뢰서를 가방에 넣고 병원으로 출근했다.

정상적인 생활로의 복귀를 위해 빠른 진료를 원했다. 진료예약센터에서는 가장 빠른 진료는 한 달 뒤에나 가능하다고 했다. 다음 달에는 파견을 가야 하기 때문에 반드시 이번 달 안에 진료를 받아야 했다. 대학병원 근무 4개월 차 인턴은 알고 있다. 밀어붙이면 안 되는 것 없는 곳이 이곳 대학병원이었다. 인턴식 찬스를 썼다. 소화기내과 상담 간호사에게 본원에서 일하는 인턴임을 밝혔다. 사정을 이야기하고서야 예약을 앞당길 수 있었다.

에어컨이 시원하게 돌아가는 소화기내과 5번 방 진료실 앞 대기 의자에 내가 앉을 자리는 없었다. 세상에 아픈 사람들은 너무나 많았다. 근무 중이었던 나는 파란 스크럽복 위에 하얀 가운을 입고 섰다. 한 손에는 동네 내과에서 받은 검사 결과지를 쥐고 기다렸다. 나를 힐끔 쳐다보는 시선들이 느껴졌다. 나와 같은 처지의 환자들이다. 그들 눈에 나는 의사로만 보일 것이다. 가운을 입었다는 이유로 업무 때문에 교수님을 만나러 온 그저 평범한 의사로 여길 것이다.

'가운만 입었을 뿐 나는 당신들과 같은 환자일 뿐인데….'

순서가 되어 이름이 불렸다. 흰 가운을 입고 하얀 가운을 입은 교수님을 마주하였다. 이미 조직 검사 결과를 알고 있었지만 한편으로는 아니길 바라기도 했다. 교수님은 말없이 검사결과를 살펴보고 입을 열었다.

"이거 내가 직접 한번 다시 봤으면 좋겠는데요, 바로 약을 써야 할 것 같아요."

"제가 지금 인턴 근무 중이라, (응급콜이 올지 모르니) 낮시간에는 시간을 내기가 힘들어서요."

“그래도 S자 결장 검사는 금방이면 되니깐, 바로 검사하고 약 쓸게요.”

인턴에게도 꼬박꼬박 존댓말을 하며 예의를 차리는 교수님이었다. 다음 날로 검사예약을 잡았다. 10분 정도의 짧은 검사였지만 검사하는 내내 병동에서 나를 찾는 전화가 오지 않는지 조마조마했다. 검사가 끝나자마자 교수님은 바로 약을 사용하자고 했다. 예상했던 대로 그 질병이었다. 인턴 숙소로 돌아왔다. 스스로 상태를 확인해보기 위해 나의 진료기록을 열어보았다.

definitely ulcerative colitis, severe
확실한 궤양성 대장염, 중증

7월의 어느 날, 대학병원 진료실 한편에서 의사 가운을 입고 산정특례 신청서를 작성했다. 희귀 중증 난치질환이라는 안내문을 보니 기분이 이상했다.

‘내가 뭘 잘못한 거지? 내가 왜 환자가 되어있지? 나는 내 앞에 주어진 삶을 매 순간 열심히 살았던 것뿐이었는데….’

의사가 되려고 이곳에 온 것인지, 환자가 되려 한 것인지 스스로에게 묻지 않을 수 없었다. 꿈을 이룬 대가를 톡톡히 치렀다. 인턴 생활에 정신이 팔려 3월 말에야 정식으로 발급받은 의사면허증은 나의 오랜 꿈이었다. 이제 막 의사가 되었는데, 정신을 차리고 보니 환자가 되어있었다. 그러므로 의사로서의 경력과 내 병력의 햇수는 동일하다. 어딜 가든 내 직업이 나를 따라다니는 것처럼 그 병은 나를 졸졸 따라다니는 꼬리표가 되었다.

모든 시작은 재발로부터

환자에게 질병의 첫 진단은 충격이다. 어느새 돌아보면 다들 자신의 일상으로 돌아가 나머지 삶을 이어간다. 일상으로 돌아간 환자는 자신이 환자라는 사실도 잊어버린다. 나도 그랬다. 환자가 된 지 2년이 지난 시점이었고 전공의 과정 선택을 앞두고 있었다. 인턴 수료 직후 1년간의 휴식은 모든 걸 잊기에 충분한 시간이었다. 고통은 이미 과거의 것이다.

너무나 건강하다고 착각했다. 난이도 10점(10점 만점)이라는 내과 의사의 길을 굳이 제 발로 찾아갔다. 내과는 의학 교과서에서 가장 많은 지분을 차지하고 있는 과목이다. 내과 전문의가 되면 더 많은 사람들에게 도움을 줄 수 있을 거라 생각했다. 게다가 나의 뒤를 봐줄 이들도 있었다. 의대 동기들보다 1

년 늦게 내과 전공의를 지원했기 때문에 윗년 차들이 대부분 나의 친구, 지인들이었다. 수년간 알고 지내며 그들과 관계가 좋았던 나는 바랐다. 나에게만은 예외적으로 잘해주기를. 하지만 상명하복은 절대로 변하지 않는 것이다.

"언제부터 병원에 나올 수 있어?"

정식 근무 날짜가 한참 남았음에도 언제 병원에 들어와서 일할 거냐고 독촉 전화를 한 건 다름 아닌 그들, 나의 의대 동기들이었다.

전공의는 단순 전문직 의사가 아닌 다른 부류로 분류되어야 한다. 특히 모든 과의 전공의 1년 차는 전문 지식인보다는 육체노동자의 삶에 가깝다. 의사라는 직분에 더해 강인한 체력이 요구된다.

내과 1년 차로 소화기내과가 배정되었다. 그날로 100일간의 에브리데이 당직이 시작되었다. 매일이 당직이었다. 잠 못 자고 밥 못 먹는 일상이 계속되었다. 인턴은 큰 병원의 구멍을 메우는 사람으로 병원의 잡무만 하면 끝이었지만, 내과 1년 차는 그 구멍을 빠져나오지 못하고 헤매는 사람이었다. 낮에는 병동 주치의로서 환자에 대한 책임을 다하고, 밤에는 당직 의사로서 병원 전체를 막았다. 응급실, 중환자실, 병원 내 모든 응급상황에 내과 1년 차는 투입되었다. 100일 동안 낮과 밤 시시때때로 지속되었다.

100일 당직이 끝나갈 무렵 임계점에 다다른 몸은 비명을 지르기 시작했다. 잠잠할 때는 인식조차 하지 못했던 그 질병은 화를 낼 때는 불같았다. 또다시 복통과 혈변이었다. 시도 때도 없이 화장실을 찾아야 하는 생활이 시작되었다. 하지만 인턴과 달리 전공의는 병동 주치의가 되었기 때문에 화장실 방문 시간을 조절할 여력이 없었다.

가장 괴로웠던 것은 교수님과의 병동 회진이었다. 아침, 저녁으로 교수님과 함께하는 회진 시간에 우리는 모든 것을 금한다. 1년 차는 의료진의 앞잡이로서 병실의 위치를 미리 파악하고 맨 앞에서 그 길을 안내한다. 회진에 참가하는 인원 전부는 환자의 치료 계획과 설명을 빠뜨리지 않기 위해 집중한다.

하지만 나의 복통은 눈치가 없었다. 오전과 오후, 짧게는 30분, 길게는 1시간 정도만 참으면 되는 것인데도 그새를 참지 못했다. 다시 또 가운을 입고 환자들의 화장실을 빌려 쓰는 생활이 시작되었다. 하지만 어느 순간에는 역부족이었다. 속옷을 버리기도 여러 번이었다. 패드를 하고 회진을 돌았다.

아슬아슬 숨겨왔던 나의 수줍은 환자 생활이 터지고 말았다. 이번에는 속옷이 아닌 바지였다. 정말이지 그건 의지대로 되는 문제가 아니었다. 교수님과의 회진 시간에는 모든 것을 금하지만 나는 용기를 내었다. 다행히 젊은 여자 교수님이었고 나를 혼낼 윗년 차도 자리에 없었다. 회진을 돌던 교수님께 양해를 구하고 숙소로 돌아와 옷을 갈아입었다. 그동안 눈에 띄는 행동을 하지 않았던 교수님이 무슨 일이 있는 거냐고 염려의 눈빛을 보냈다. 이때다 싶어 그동안의 어려움에 대해 이야기했다. 교수님은 당장 검사를 하자고 했다. 나는 제발 이곳에서만은 안된다며 난감함을 표했다. 당장 검사자 명단에 내 이름이 올라가는 순간, 모두가 알게 된다. 내시경실의 간호사, 윗년 차 선배들, 매일 아침저녁으로 회진을 돌고 있는 내과 교수님들. 그들의 얼굴이 떠올랐다. 혈액검사로 간단하게 알아내는 질병이 아닌, 대장내시경으로 확인해야만 하는 내 질병이 부끄러웠다. 앞으로 4년이나 더 봐야 하는데, 이런 식으로 그들에게 첫인사를 할 수는 없었다.

"어떻게 도움을 주면 될까?"라는 질문에, 인턴 때 진단받았던 본원에 가서 검사를 하게 해달라고 했다. 교수님은 본원에 있는 또 다른 교수에게 나의 상황을 전하고 예약 스케줄 잡는 것을 도와주었다. 윗년 차 전공의에게는 "연구 샘플 전달을 위해 1년 차 선생을 본원에 보내야겠어"라며 나를 위한 핑계를 만들어주었다.

내과 1년 차의 시작, 100일 당직이 끝나갈 즘에 나의 병은 다시 발병되었다. 재발이 시작되었다.

나의 모든 시작에는 재발이 있었다. 1년 차 전공의의 시작부터 2년 차 시작, 치프 전공의의 시작, 봉직 의사의 시작 그리고 엄마의 시작까지 십여 년이 넘는 삶의 매 중요한 순간마다 깊숙하게 들어와 존재감을 드러냈다. 재발이라는 공포의 이름으로, 내가 환자임을 잊으려 할 때마다 찾아왔다.

실망이 뭐 어때서

"선생님, 어디 아프세요?"

새벽 5시. 외부로 연결된 응급실 주 출입구를 제 발로 걸어 들어간 것은 처음이었다. 병동, 응급실에서 종종거리며 다니던 내과 전공의가 환자로 접수를 하자 다들 의아한 표정이다. 수년간 내과 전공의로 참고 견디는 삶을 살았다. 그 결과 나는 괜찮은 전공의, 성실하다는 이미지를 얻었다. 그 밑바탕에는 건강한 삶이 깔려 있어야 했지만, 나는 건강한 삶을 살고 있지 못했다.

내과 3년 차 말. 치프 전공의로서의 삶이 시작되는 때였다. 나를 향한 기대감에 잘해야겠다는 심리적 압박감이 극에 달했다. 낮 동안 해결해야 할 환자, 밤새 울리는 응급실 전화로 체력마저 고갈되고 있었다. 모든 것은 재발을 일으키기에 충분한 조건이었다.

'나의 아픔을 (적에게) 알리지 말라.'

첫 진단에서 두 번째 재발까지 모두 철저히 비밀리에 부쳤다. 남몰래 진료를 보고 검사를 받고 약을 먹었다. 전공의 하나 아픈 것이 국가 일급비밀도 아닌데 뭐 그리 유난이었냐고 할 수 있다. 동료, 선후배 그리고 교수님들에게 괜찮은 전공의였던 나는 나의 평가에 흠을 내어 실망시키고 싶지 않았다. 내가 실수하거나 실망스러운 일을 했을 때 '재는 아프니까'라는 예외를 두길 원치 않았다. 행여나 들킬까 봐 더 철저하게 이를 악물며 힘든 시간을 견뎌내었다.

세 번째 재발에서 숨겨왔던 나의 병력을 드러낼 수밖에 없었다. 그날은 감출 수 없을 만큼 힘들었다. 응급실에 발을 내딛는 순간, 모두가 내가 환자라는 사실을 알게 된다. 나는 아픈 전공의라는 평가를 받게 될 것이다.

본격적인 아침 회진이 시작되기 직전이 적당해 보였다. 그 시간이 새벽 5시였다. 아침 동이 틀 무렵으로 응급실 내원 시간을 정한 것은 내과 당직의사에 대한 배려였다. 몇 주 전부터 증상은 시작되었고 이미 수많은 밤을 참아왔다. 밤새 몇 시간만 참으면 오늘의 내과 당직의사는 조금 더 잠을 잘 수 있을 것이다. 당직의사의 수면시간까지 고려해 응급실을 방문하는, 이토록 배려심 돋는 환자는 전무후무할 것이다.

응급실 B 구역 5번 자리에 배정을 받았다. 하얀 시트가 새로 깔린 침대다. 불과 며칠 전만 해도 흰색 가운을 입고 쳐다만 보았던 그 자리다. 느닷없이 찾아오는 복통에 배를 움켜쥐고 겨우 환자를 진찰해 냈던 곳, 마땅히 환자를 위한 자리였던 그곳을 내가 차지하는 것이 영 어색했다. 침대에 눕지 못하고 대충 걸터 앉았다. 나를 진찰할 당직의사가 오기를 기다렸다.

'오늘 내과 응급실 당직의사는 누구려나.'

나를 진찰하러 온 사람은 2년 차 L 양이었다. 그녀는 그 연차에서 뛰어난 에이스다. 우리는 동갑에 같은 학교를 나오고 수년간 얼굴을 보며 알고 지내던 사이다. L 양은 나를 보자마자 울음을 터뜨렸다. 짐작하건대, 아침 회진을 준비하던 그녀는 내 이름이 응급실 명단에 뜨자 나의 너저분한 진료 차트를 열어 보았을 것이다. 첫 진단과 두어 차례의 재발을 확인하고 환자인 나를 진찰하기 위해 전공의 숙소에서 응급실로 한달음에 뛰어왔다. 그녀는 내가 그동안 아팠는지 몰랐다며 어쩔 줄 몰라했다. 아주 가까운 사이도 아니고, 그렇다고 먼 사이도 아닌 그녀가 나를 위해 울었다. 배를 쥐어짜는 고통을 겪음에도 스스로를 냉정하게 바라보던 나도 눈물이 쏟아졌다. 나의 아픔에 공감해 주는 그녀가 고마웠다. 우리는 커튼 속 침대에 앉아 어깨를 들썩이며 울었다. 한참을 울다 보니 L 양이 걱정되었다. 회진을 돌아야 할 시간이 다가오기 때문이었다. 그만 눈물을 닦고 가보라고 했다. 종종거리며 병동으로 향하는 L 양을 보았다. 나는 에이스로 통하는 삶이 어떤 것인지 알고 있다. 자타 공인 에이스는 속은 썩어 들어가면서도 겉으로는 태연한 척하며 종종거리며 산다. L 양의 삶도 크게 다르지 않을 것이다. 그녀가 안쓰러웠다.

입원장을 발부받았다. 병실을 배정받고 환자복으로 갈아입었다. 의사 신분으로는 결코 침대에 누울 수 없었지만 환자가 되고 나니 비로소 병실 침대에 누울 수 있었다. 교수님들과 동료들의 병문안이 이어졌다. 내가 의사였을 때 내게 기대했던 눈빛은 사라졌다. 실망의 기색은 아니었다. 그 대신 모두가 환자인 나를 안타까워하는 눈으로 바라보았다.

의사의 세계에서 실수는 용납되지 않는다. 이과생으로 언어 감각이 아둔했던 나는 실망과 실수를 혼동했다. 내가 저지를지도 모르는 실수와 남들이 내게 하는 실망 모두가 두려웠다. 실수하지 않기 위해 '실' 자만 봐도 몸이 움츠러들었다.

실망이란, 희망이나 명망을 잃는 것이다. 또는 바라던 일이

뜻대로 되지 않아 마음이 상하는 것을 말한다. 실수를 하거나 실망시키고 싶지 않았다. 타인이 내게 기대하는 바에 기꺼이 부응하고 힘겹게 쌓아온 명망을 잃고 싶지 않았다. 하지만 내가 환자가 되었다고 해서 그동안 나에 대한 성실함이 평가절하되거나, 본분이 사라지는 것은 아니었다. 그것은 곧 확인되었다.

퇴원 후 "괜찮니?"라는 인사말과 함께 여전히 내가 해야 할 일이 나를 기다리고 있었다. 나에 대한 기대감 또한 전혀 사라지지 않았다. 내과 사람들 독하다 정말.

실수는 오롯이 내가 감당해야 할 나의 것이지만, 실망은 타인의 몫이다. 실수는 경계하되, 타인을 실망시키는 것에 두려워하지 않아야 한다. 내 딴에는 실수 없이 쓰인 이 글을 보고 누군가는 실망을 할지도 모르겠다. 그래도 괜찮다. 타인이 내게 실망한다고 하더라도 나의 본질은 변하지 않으므로 용기내어 본다.

나는 불량 환자였다

첫 발병 이후 수차례의 재발에는 각각 사연이 있었다. 공통적으로 모든 재발에는 잠 못 자고 잘 못 먹는 일상과 순간순간 잘해야겠다는 중압감 때문이었다고 생각했다. 착각이었다.

나의 모든 재발의 근원을 얼마 전 집에서 발견했다. 이사를 앞두고 대대적인 집안 정리를 했다. 그곳에서 내가 먹지 않고 쌓아만 두었던 약을 발견했다. 포장도 뜯지 않은 새것 그대로였다. 유통기한이 한참 지나 더 이상은 먹지 못하게 된 채로 100리터 쓰레기 봉투 절반을 채우는 분량이었다.

모든 재발의 기저에는 약을 제때 먹지 않았던 내가 있었다. 재발할 때마다 교수님은 "약을 잘 먹었냐?"고 물었고 나는 나름대로 잘 먹은 것 같았기에 "그렇다"고 했다. 거짓말이었다.

복약 순응도에 있어서 적당히 먹어도 되는 약은 없다.

공부 잘하고 성실한 모범생이라고 해서 모범 환자가 될 수 있는 것은 아니다. 나는 약을 잘 먹지 않는 수많은 환자, 불량 환자 중 하나였다. 약을 먹지 못하고 불량한 환자가 될 수밖에 없었던 사정이 있었다.

첫째, 먹고사는 일이 바빠 약 먹을 시간이 없었다. 인턴, 전공의 수련기간 내내 나는 시간이 없었다. 매일 약을 먹어야 했지만, 당장 눈앞의 환자가 스러지고 있었다. 나를 위한 알약 따위는 생각할 틈이 없었다. 모범 의사가 되기 위해 모범 환자 되는 것쯤은 포기해야 했다.

둘째, 가끔씩 약을 복용하지 않아도 괜찮을 것 같았다. 약을 먹고 몸이 좋아지자 나는 건강하다고 믿었다. 하루 이틀 약을 먹지 않아도 아무런 일이 일어나지 않았다. 환자라는 사실조차 잊을 때가 많았다. 그 믿음으로 나는 생각날 때만 약을 먹었고, 어느덧 생각조차 하지 않았다.

셋째, 약 먹는 것이 불편했다. 내가 먹어야 하는 알약은 너무 컸다. 브라질너트보다 큰 알약을 한 번에 두 알씩 하루 두 번 먹어야 했다. 씹어먹을 수도 없었다. 맛도 없는 알약을 삼킬 때마다 목에 턱턱 걸리고 헛구역질이 일어났다. 약 먹는 일은 불쾌한 일이었기에 피하고만 싶었다.

넷째, 약 먹는 것이 귀찮았다. 불현듯 약을 먹어야 한다는 것이 생각날 때도 있었다. 그런데 내 손에 약은 없었고, 약을 찾아야 하는 것이 귀찮았다. 전공의 숙소와 집을 오가다 보니 약이 어디에 있는지 찾기도 힘들었다. 장롱 속에 넣어둔 귀찮은 일은 잊으면 그만이다. 그렇게 약 먹는 것을 잊고 살았다.

이런 이유에 더해 나를 감시하는 사람도 없었다. 약을 먹지 않아도 괜찮을 거라 판단했다. 이런 일의 결과는 뻔하게도 질병의 재발이고 악화였다. 의사라고 예외는 없었다. 첫 발병 이후 다섯 번의 재발에는 각각 사연이 더해졌지만, 약을 제때 먹지 않았던 이유가 가장 컸다. 수차례의 실패와 재발, 스스로에게 실망도 여러 번이었다.

약을 먹지 않았던 결과로 몸이 망가지고 약을 먹어도 소용이 없는 몸이 되었다. 의사로서 매일 누군가에게 약을 먹어야 한다고 이야기하면서도 스스로 뱉은 말을 지키지 못하고 있었다. 자신만은 예외가 되길 바라는 어리석음 때문이었다. 평생을 모범생으로 살았으면서 자신의 건강에 대해서는 불성실했다. 모범 의사가 되고 싶었던 건데, 어느새 불량 환자가 되어버렸다.

나는 나를 감시하고 돌봤어야 했다. 그중에서도 약을 잘 먹는 것은 환자의 기본 태도이고 질병에 대한 최소한의 예의였다. 뜨거운 불구덩이에 손을 데고서야 뜨거운 줄 아는 것이 인생이라지만 그 대가는 확실했다. 쓰레기통에 버린 건 알약이 아니라 젊은 날의 내 건강이었다.

마지막 재발이길, 제발

소화기내과 정기 진료 날이다. 오전에는 근무하는 병원에서 환자들을 진료하고 오후에는 환자가 되어 이곳에 왔다. 내가 인턴으로 근무했고 내 병의 진원지였던 이곳, 13년 전이나 지금이나 이 병원은 변한 게 하나 없다. 푸르른 청춘들도 그대로다. 파란 스크럽복에 가운을 걸치고 다니는 인턴과 전공의들의 얼굴을 보며 그때의 내가 떠올랐다.

허옇게 뜬 얼굴, 까만 안경, 하나로 졸라맨 까만 머리, 말린 어깨, 종종걸음

낯선 얼굴만 제외하고 모두 여전하다. 13년 전 이 병원에서

젊음을 불태우던 청춘들은 다 어디 갔을까? 내가 이곳에서 사라져 또 다른 병원에서 환자를 돌보고 있는 것처럼 다들 어딘가에서 열심히 환자를 보고 있겠지. 오늘 내가 나의 환자들의 안위를 살폈던 것처럼….

처음 진단받았던 소화기내과 5번 방 앞에 섰다. 대기하던 의자도 변함이 없다. 이제는 온전히 환자로서 이 병원을 내원한 것이지만 여전히 대기실 의자에 내가 앉을자리는 없다. 그때나 지금이나 병원에는 아픈 사람들이 너무나 많다. 진료실의 교수님도 그대로 남아 계시는데 변한 건 나뿐이다. 나만 아줌마가 되었고 늙어버렸다. 다음 번엔 대장내시경을 받아야 한다. 대장암의 발병을 감시하기 위해 3년 간격으로 받아야 하는 이 대장내시경은 할 때마다 매번 하기가 싫다. 대장을 깨끗하게 비우기 위해 먹어야 하는 장 청결제는 여전히 적응이 안 된다. 알약이든 신제품이든 괴로운 건 마찬가지다.

3년 전 대장내시경을 받을 때는 두 살배기 어린 딸과 딸을 돌보는 친정엄마와 함께였다. 진정 수면이 필요한 검사라 보호자를 동반해야 했다. 그들은 평일에 시간을 낼 수 있는 유일한 나의 보호자들이었다. 내시경실의 먼발치에서 친정엄마는 아기띠에 아기를 안고서 서성였다. 내 검사가 끝나기만을 기다리고 있었다. 검사를 마치고 아기를 받았다. '안녕' 하고 눈 맞추고 다시 엄마의 자리로 돌아올 수 있음에 감사하고 안도했다.

마지막 재발은 출산 직후였다. 엄마가 된 지 한 달째였다. 엄마로서의 본격적인 출발선에서 나의 발목을 잡은 건 다름 아닌 또 그 질병이었다. 난생처음 가져본 나의 보물, 아기를 돌보느라 정신없던 나날들 속에 몸은 영락없이 신호를 보내왔다. 6년 동안 1, 2년 간격으로 재발이었다. 그때마다 고용량의 스테로이드로 급한 불을 꺼왔었다. 지난 번 진료에서 한 번 더 재발을 한다면 더 이상 스테로이드를 쓸 수 없다고 했다. 고전적인 스테로이드 대신 새로운 약을 쓰게 된다면, 더 자주 병원을 방문해야 하고 더 많은 불편함이 수반될 것이 뻔했다.

전공의 때는 환자를 돌보기 위해, 엄마가 된 후에는 아이를 돌보기 위해서였다. 모두 내 건강은 후 순위였기 때문에 벌어진 일이었다. 마지막으로 한 번만 더 기회가 주어지길 바랐다. 원래 사용하던 약, 고용량의 스테로이드로 잠재워지길, 교수님이 한 번 더 그 약을 처방해 주길 원했다.

복통 및 혈변이 시작되어 예정되어 있던 진료를 앞당겼다. 초조했던 나와는 달리 교수님은 안정적이었다. 마치 예상이라도 한 것 같았다. 교수님은 임신 중에는 아기가 엄마를 보호하는 효과가 있는데, 출산 후 그 효과가 사라지면 질병이 악화되는 경우가 있다고 했다. 마지막으로 예전에 쓰던 약을 다시 써보기로 했다. 여러 번 먹어 익숙했던 스테로이드를 먹기 시작했다. 스테로이드 투여와 함께 밤낮 없이 울던 아기가 낮과 밤을 가리기 시작했다. 덕분에 내 몸은 빠르게 회복되어 갔다. 어쩌면 아기는 본능적으로 제 엄마 몸이 아프다는 걸 알았던 건지도 모른다. 임신 기간 중에도 엄마 뱃속에서 무탈하게 있어 주고, 질병 경과에 엄마를 보호하는 효과를 가져다주더니, 아기는 이렇게 또 나를 도와주고 있었다. 이 아이를 위해서라도 더 이상은 아프고 싶지 않았다. 이 작은 아이가 환자 노릇 못하던 나를 정신 차리게 했다.

건강한 삶을 위해 노력하기 시작했다. 의사지만 환자의 본분을 잃지 않았다. 규칙적인 생활, 적절한 운동, 충분한 휴식, 처방한 약 잘 먹기, 정기적인 외래 방문과 검사. 특별할 것 없는 일이다. 환자라면 마땅히 해야 하지만 나는 한 번도 제대로 해본 적 없는 것들이었다. 무엇 하나 쉽게 얻지 못했던 나는 이렇게 당연한 것 역시 노력해야만 얻을 수 있는 사람이다.

"마지막 재발이길, 제발!"

마지막 재발을 잊지 않으려 애쓴다. 나는 나를 위한 일이 아닐 때 더 철저한 사람이 된다. 여전히 타인을 위한 일을 할 때 시간을 더 쓰고 힘이 난다. 나의 건강은 더 이상 나만의 것이 아니다. 나를 돌보지 않으면, 내 아이도 내 환자도 보살필 수 없다. 이제야 나는 나를 보살피는 일을 허투루 할 수 없다는 것을 알게 되었다. 나의 가족, 환자를 위해 나의 건강을 확실하게 지켜야 한다. 그들을 위한 일은 동시에 나를 위한 일이다. 마지막 재발을 통해 얻게 된 깨달음이었다.

엄마가 된 후 마지막 발병 이후로 지금까지 나의 질병은 재발 없이 안정기에 들어섰다. 매일 약을 먹으며 질병을 다스린다. 휴화산이 된 질병의 휴식기는 내 아이의 나이와 같다. 아이는 쑥쑥 커서 나를 떠나고 그 질병은 내 안에서 영원히 잠들어있기를 바란다.

의사가 되지 말 걸 그랬어

"왜 그렇게 힘을 주고 글씨를 써?"

공책에 필기하는 모습을 보고 이해되지 않는다는 듯 친구가 말했다. 한 번도 의식하지 못하던 버릇이었다. 다들 이 정도의 힘은 쓰는 줄 알았다. 힘을 빼고 글을 써보라는 말에 의식적으로 어깨와 손가락의 무게를 덜어내 보았다. 글씨가 써졌다. 그제서야 알았다. 남들은 '이 정도의 적은 힘만으로도 필기를 하는구나'라고….

힘주어 쓴 내 글씨가 남들보다 뛰어난 건 아니다. 급하게 갈겨쓸 때는 힘이 더 들어가는데, 그럴 땐 나조차도 알아보기가 힘들었다. 오히려 힘 하나 주지 않는다는 친구의 글씨보다 못한 편이었다.

그러고 보니 몸에 밴 필기 습관으로 오른쪽 어깨는 만성 통증에 시달리며, 유난히 앞으로 더 튀어나왔다. 오른쪽 세 번째 손가락에는 오목한 홈이 들어가 있다. 굳은살이 잔뜩이다. 그 누구도 강요한 적 없는 필기 습관이 언제부터였는지 가늠조차 할 수 없다.

이후로 손과 어깨에 힘을 주지 않으려고 노력해 보았으나 수십 년간 자리 잡은 버릇은 쉽게 바뀌지 않았다. 굳이 힘들여 쓰지 않아도 글은 써졌으나 필기하는 맛이 나지 않았다. 여전히 글씨를 쓸 때는 꾹꾹 눌러 써야만 한다.

"자네, 의사가 되지 않았다면, 그 병에 걸렸겠는가?"

가정의학과 인턴 때였다. 외래 진료 참관 내내 연신 코를 훌쩍거렸다. 그치지 않는 콧물 소리에 다정한 교수님은 직접 약을 지어주겠다고 하셨다. 내 이름을 환자로 등록하고 약을 처방하자 '산정특례'로 진찰을 하겠냐는 알림이 떴다. 그와 함께 진료 기록들이 우수수 열렸다. 교수님은 내 사연을 궁금해 했다. 사정을 들은 교수님은 내게 "만약 의사가 되지 않았더라면, 그 병을 진단받았겠느냐"라고 물었다. 평범한 직장인이었다면, 병의 시발은 없었을 거라고 했다.

교수님의 말씀대로 모든 건 내가 의사가 되었기 때문에 발생한 일이었다. 증상이 나타나기 시작했던 게 의사가 된 직후였으므로 의사가 아니었다면 환자도 되지 않았을 것이다. 잦은 재발에 고통이 찾아올 때면, '그때 의사가 되지 말걸 그랬어'라는 생각도 여러 번이었다. 의사라고 하면 그저 선망하거나 시기, 질투하는 이들을 냉소적으로 바라보기도 했다. 실상을 제대로 알지도 못하면서….

하지만 의사가 된 모두가 나처럼 아픔을 가지고 있는 것은 아니었다. 똑같이 힘든 수련과정을 겪었지만 대부분 건강하게 해냈다. 자신을 희생하라고 강요한 사람도 없었다. 힘을 주어야만 해낼 수 있다고 생각했는데 나만 그랬던 것이다.

힘을 빼고도 글씨가 써지는 것처럼, 힘들게 살지 않아도 인생은 살아지는 것처럼….

이 모든 걸 깨닫고 다시 10년 전으로 돌아가도 내 인생은 쉽게 살아질 리 없다. 매 순간 같은 선택을 하고 똑같이 살았을 것이다. 오른쪽 어깨에 만성 통증을 달고 살면서도 여전히 오래된 필기 습관을 버리지 못하고 있는 걸 보면 알 수 있다. 힘을 주어야만 필기하는 맛이 나듯 나는 매 순간 힘들여 사는 것만이 내가 인생을 산다고 생각했을 것이다. 힘들여 살지 않았다면, 내 인생은 살맛 나지 않았을지도 모른다.

그런 의미에서 다시 돌아가도 나는 의사라는 직업을 선택했을 것이다. 의사 말고는 하고 싶었던 것이 없었다. 돌고 돌아도 결국 의대에 입학했을 것이고 의사가 되었을 것이다. 또한 환자도 되었을 것이다. 의사가 될 수 있었던 것도 '나'로 인해서, 환자가 되었던 것도 '나' 때문이었다.

설사 의사가 되지 않았더라도 슬프게도 결국 나는 이 병에 걸렸을 것이다. 이건 나에 대한 저주가 아니다. 이 세상 모든 환자들은 자기 뜻대로 환자가 된 사람들이 아니다. 그것은 운명처럼 다가온다. 자기 앞의 주어진 생을 최선을 다해 살아내는 것, 그것이 나라는 사람이다. 나는 어디에서든 내 능력 이상으로 노력하고 내 몸 희생하는 건 당연하다 여기므로 환자가 되는 일도, 끔찍한 재발도 나의 직업과 상관없이 똑같이 겪었을 것이다.

나는 내 앞에 놓인 밧줄을 밟으며 걸어갔던 것뿐이다. 줄 한가운데에 서서 뒤돌아 돌아갈 수도 멈출 수도 없는 줄타기였다. 아슬아슬 떨어질 법 했으나 추락하지 않았다. 버겁고 위험한 줄타기였지만 그곳엔 환희와 감동도 있었다. 다시 돌아가도 한 번 더 아모르파티! 위험하지만 즐거운 줄타기를 한 번 더 외쳤을 것이다.

힘주어 사는 것만이 인생인 줄 알고 살아온 나라는 사람을 응원한다. 비록 남들이 알아주지 않는 글씨라도 나는 알 수 있다. 내가 얼마나 힘들여 눌러 쓴 글이라는 것. 남들이 나에 대해, 또는 의사라는 직업에 대해 오해해도 상관없다. 아무도 몰라도 나만 알면 된다. 내가 얼마나 열심히 삶을 살아낸 사람이라는 것을 나 스스로 인정한다.

환자가 된 것은, 강한 줄 알고 모든 걸 이룰 수 있다고 착각한 내가 겸손함을 배울 수 있는 기회였다. 삶은 힘만 주고 살면 결국 부러지기 마련이다. 유연한 것이 삶을 살아가는 데 더 큰 힘을 발휘한다는 것도 알게 되었다. 힘주는 것은 내게 본능이지만, 힘 빼는 것은 의도적으로 해야 하는 일이다. 그것도 연습하면 된다는 것을 믿는다. '반드시'라는 단어를 버리고 '되는 대로'라는 말을 새긴다. 오늘 하루를 되는 대로 성실하게 살아간다.

네가 버티니깐 나도 버틸 수 있었다

의국 졸업을 앞두고 있었다. 내과 의국은 한 년 차에 8명씩이다. 나보다 아래인 1년 차 한 명이 결국 돌아오지 않았다는 소식을 들었다. 그는 끝내 수련을 포기했다. 8명이었던 1년 차 전공의가 7명으로 줄었다. 수련을 포기하고 나간 녀석보다 더 걱정되는 건 남겨진 7명이다. 애써 웃음 짓는 그들의 어깨가 어느 때보다 처져 보였다. 의국을 나간 건 1명이었는데, 남겨진 이들의 어깨는 한 명의 몫보다 훨씬 더 무거워 보였다.

중도 포기. 나 역시 수련 과정을 포기하고 싶었던 순간이 한두 번이 아니었다. '하면 된다'라는 정신으로 버텨왔던 나지만, 내 몸을 희생해가면서까지 내과 전문의 자격증을 얻어야 하는 것인지 잦은 재발은 중도 포기를 요구하고 있었다.

수련을 그만두었을 때 당장 편해질 내 몸과 내가 빠진 뒤 나를 대신할 동료들의 고통의 무게를 재어보았다.

1년 차부터 우리는 언제나 함께였다. 신입생 환영회, 의국 회의, 병원 내 코드 블루* 소리가 들리는 곳. 그곳에서 우리는 서로의 생사를 확인했다. 지쳐 쓰러져 잠드는 사이 밤새 울리는 진동벨 소리가 누구의 것인지 눈을 감고도 알 수 있었다. 한 명만 일을 제대로 못해도 모두 당직을 서야 했던 운명 공동체였다. 그곳은 각자가 참을 수 있는 만큼은 참아줘야만 돌아가는 노동 환경이었다. 엄살도 생색도 낼 수 없는 곳이었다.

그곳에서 나는 여러 번의 재발을 겪었고, 동료는 전신 홍반 루푸스systemic lupus erythematosus를 진단받았다. 또 다른 동료는 하늘나라로 아버지를 보내면서 마지막 임종 순간조차 지키지 못했다. 루푸스로 뇌졸중이 온 동료 앞에서, 아버지를 잃고 한 순간에 가장이 된 동료 앞에서, 어느 누구도 힘들다는 내색을 하지 않았다. 서로의 상처를 상상조차 할 수 없었다.

운명 공동체로서 서로에게 기대는 것이 유일한 방법이었다. 남극에서 황제펭귄이 한 겨울의 혹한을 이기는 방법은 서로의 몸을 맞대어 온기를 나누고, 돌아가며 바깥쪽과 안쪽을 교환하는 것이다. 그들은 그렇게 세대를 거듭하여 살아남는

• • •

* 심정지 환자가 발생하였을 때 나오는 병원 내 안내 방송. 생명을 다루는 내과 전공의는 병원안에서 울리는 모든 코드 블루 방송에 달려간다.

다. 우리는 남극의 황제펭귄처럼 서로가 힘들 때는 당직을 교환하며 오늘을 버티고 내일을 살아냈다. 그 바탕엔 그 시절 우리 모두가 의사로서의 삶 중에서 가장 젊은 날이었던 것도 한몫했다. 젊음이란 모든 것을 가능하게 한다. 그 어떤 것으로도 가릴 수 없으며 경력, 지력, 요령보다 앞선다.

나보다 더 힘든 일을 겪어냈던 동료가 내가 빠진 자리를 대신해야 한다고 생각하면 고개가 저어졌지만, 나를 포함한 우리 모두 젊으니까 버텨 보자고 다짐하니 가능할 것 같았다.

공식적으로 합의한 것은 아니지만, 우리 사이엔 암묵적인 동의가 있었다.

'중도 포기는 안된다.'

서로의 아픔을 너무 잘 알고 있었다. 한 명의 낙오자라도 발생하면, 또 다른 누군가는 무너지고 말 것이다. 함께 버터야 했다. 매일 서로에게 '굿 럭'을 빌었다.

'네가 버텨내야 나도 버틸 수 있다.'

각자 마음속에 아픔을 품고 밤에는 함께 치킨을 뜯으며 병원을 지켰다. 결국 우리 4년 차 동기들은 한 명의 낙오자도 없이 4년의 시간을 버텼고 같은 해에 8명 모두 내과 전문의가 되었다. 마지막까지의 완주는 자신을 위한 길이었지만, 타인을 위하는 것이기도 했다. 자신의 생존을 위한 조건부 이타심이었다. 생존하기 위해 서로의 어깨에 기대어 끝까지 해냈고, 각자가 원하는 바를 얻을 수 있었다. 젊은 날의 우리 모두 함께 했기에 가능했던 일이었다.

2장

대한민국에서
여자 봉직 의사로
산다는 것은

암소 여의女醫의 탄생

2021년 신축년. 드디어 우리를 위한 새해가 밝았다. 나는 대한민국의 암소 여의사다. 누군가는 열심히 사는 여자 의사의 인생을 백조라고 한다. 겉으로는 우아해 보이지만 발밑으로 셀 수 없이 많은 물질을 해대는 백조. 그건 조금이나마 우아한 구석이 있을 때나 가능한 이야기다.

여자 의사의 인생이 우아할 것이라고만 생각했다면, 오산이다. 여자 의사의 삶은 암소에 가깝다. 암소의 쓸모는 암소일 때부터, 여의사의 쓸모도 의사가 된 직후부터 시작된다.

암소 여의에게 공휴일, 토요일 출근은 기본이다. 육아 휴직은커녕 임신했다고 자르지 않고 출산휴가를 쓰게 해주면 다행이라고 생각한다. 은혜에 보답하기 위해 무거운 몸을 이끌고 출산 예정일까지 병원에 충성을 다한다. 스스로 연봉을 깎아 의사들 사이에서도 욕을 먹는다. 안 가면 그만인 블랙리스트 병원의 대부분은 여자 의사들이 채워놓는다. 생계형 여자 의사에게는 그런 자리라도 있는 것이 다행이라고 느껴진다. 잠시라도 경력 단절이라는 틈이 생기면, 쉬면 아쉬운 하루 일당 생각이 난다. 아침부터 일찍 일어나 눈을 비비며 의사들의 인력 시장을 기웃거린다.

가축 신분인 암소는 본인의 집인 움막에서는 편하게 쉬기라도 한다. 적어도 자기가 먹고 자는 곳을 치우는 수고는 하지 않는다. 암소 여의사의 집은 어떠한가. 애초에 재택근무가 불가능한 여자 의사의 집은 그야말로 너른 들판이다. 혼자서 밭을 갈기에 들판은 넓고 버겁다. 다른 사람의 손이나 기계의 힘을 빌려보지만 내 맘대로 되지 않는다. 손이 닿지 않는 곳은 무성한 잡초들로 가득하다.

새끼라도 낳은 암소의 어깨는 더욱더 무겁다. 어떨 때는 가축 암소의 무게보다 내가 가진 무게가 더 가혹하게 느껴지기도 한다. 새끼 송아지는 태어나자마자 스스로 걸어 다녀 독립이 가능하지만 아기는 생후 1년간 걷지도 못한다. 엄마의 손이 필요하지 않게 되는 완벽한 독립의 시기는 멀게만 느껴진다.

주말에는 지방에 계시는 시댁에 다녀왔다. 병환 중에 있는 시아버지에게 의사 며느리인 내가 할 수 있는 것은 정성껏 만든 음식을 가져다 드리는 것뿐이다. 치워졌을 리 없는 집으로 돌아와서 대충 요기를 했다. 더 놀아달라는 아이를 간신히 재우고 나도 누울 수 있었다. 일요일은 휴식을 취할 수 있는 유일한 날이었는데, 주말 내내 출근한 기분이다.

눈 소식이 있는 월요일 아침이다. 전장에 전투하러 나가는 기분이다. 비싸고 좋은 옷은 필요 없다. 두껍지 않은 보라색 폴라티에 검은 바지를 입는다. 무릎까지 내려오는 흰 가운으로 웬만한 옷은 다 가려진다. 반짝거리는 뾰족구두는 사치다. 아침부터 여기저기 뛰어다니려면 굽이 바닥에 붙어있는 단화가 제격이다. 찰랑찰랑 잘 손질된 머릿결이면 좋겠지만, 끈 하나로 질끈 묶는 것이 위생에도 좋고 편하다. 출근길 나의 전투복장이다.

의사면허증을 받은 이후부터 무직인 적이 없었다. 조금이라도 이력에 틈이 벌어지면, 그 벌어진 틈만큼 잃을 것들이 두려웠다. 경제적인 이유가 크지만 꼭 돈 때문만은 아니었다. 그동안 차곡차곡 눌러 쌓아 두었던 의학 지식, 진료의 감을 잃어버릴까 봐, 혹시나 그렇게 자주 쓰던 약 이름을 잊어버릴까 봐 두려웠다. 힘들게 얻은 의사면허증이 무용지물이 되고 능력 없는 의사가 되어버릴까 봐 스스로 그 틈을 용납하지 못했다.

의사 가운을 쉽게 벗지 못하지만 가운을 입고 활동하는 주무대인 병원에서 나는 매일 살얼음판을 걷고 있다. 병원에서 일어나는 모든 일의 책임은 의사에게 있으므로 그 무게가 결코 가볍지 않다. 의사가 아니었다면 결코 만나지 않았을 모든 인간 군상을 오늘도 만나야 한다. 예고되지 않은 무례한 환자들과의 만남은 수명을 단축하는 일이기도 하다. 팔뚝은 굵어져 아줌마가 다 되었는데도, 마음만은 여물지 못했다. 마음속 두려움은 커지고 오히려 소심해졌다.

집과 병원에서 밭도 갈고 새끼도 낳아 기르고, 우유도 만들어야 하는 것이 여자 의사의 인생이다.

'이것이 진정 여자 의사의 삶인가.'

우아하게 살고자 의사가 된 것은 아니었지만 이렇게 살고 있으리라고는 생각하지 못했다. 엄마, 아내, 딸, 며느리 그리고 의사 노릇을 다 해야 하는 내 삶. 그건 결코 우아할 수가 없는 일이다. 모든 곳에서 최선을 다하고자 했던 나…. 잠시 뒤를 돌아보니 어느덧 나는 암소 인생을 살고 있었다. 한번 밭을 갈러 들어온 이상 쉽게 끝날 것 같지가 않다.

영원히 끝날 것 같지 않은 암소 인생이다. 이건 그 누구도 권한 삶이 아니었다. 내가 선택한 나의 삶이다. 암소 여의는 집안의 새끼를 뒤로 하고 오늘도 밭을 갈러 간다. 강가에서 유유자적하게 다리만 휘저으면 되는 백조 네가 부럽다. 암소가 백조가 될 리 만무하겠지만 오늘도 암소 여의는 우아한 백조가 될 그날이 오기를 기다리며 집을 나선다.

야, 나두 을이야

모든 의사가 갑은 아니다

"저 이렇게 받고는 일 못해요."

오늘은 그들이 갑이다. 병원 직원들이 연봉 협상을 했다. 연봉 협상 테이블의 당사자는 이 병원에서 나를 뺀 직원 모두다. 1년 중 오늘만큼은 그들의 어깨에 힘이 들어간다. 병원에서는 혹시라도 이들이 그만둘까 봐 전전긍긍이다.

연봉 협상 테이블에 앉은 그들이 부럽다. 연봉 올려달라고 이렇게는 '못한다'라고 말하는 그들이 멋지다. '못한다는 말' 해본지가 언제인지 기억도 나질 않는다. 내가 안 하겠다고 하면 하겠다는 애들이 내 뒤에 백만 명쯤 서 있다.

의사라는 같은 이름을 가지고 있어도 의사의 삶은 다양하다. 대형 병원을 운영하는 의사, 그 병원에서 월급을 받는 월급쟁이 봉직 의사, 의원의 주인 의사. 모든 의사의 처지가 같을 수 없다.

나는 병원에서 매달 월급을 받는 의사다. 월급쟁이 봉직 의사는 을인 경우가 많다. 병원에서 우리는 으레 해고되어도 괜찮은 존재들이다. 올해는 유난히 일자리가 없다. 코로나 때문인가. 아니면 내과 3년, 4년 차가 한꺼번에 나와서인가. 아니다. 매해 나오는 탄식이다. 특히 1년 중 3월은 의사의 몸값이 가장 떨어지는 때이다. 갓 의사면허증을 딴 의사가 쏟아져 나오기 때문이다. 젊음으로 무장한 그들은 작년보다 조금 떨어진 연봉에도 기꺼이 일한다. 내가 첫 직장에서 그랬던 것처럼 말이다.

나는 직원들이 매해 겨울이면 하는 연봉 협상을 해본 적 없다. 연봉 협상은커녕, 지금의 환자수를 유지하지 못하면 내 연봉은 깎이게 되어있다. 하지만 이 자리를 보존할 수 있음에 안도의 한숨을 쉰다. '다행이다'라는 생각과 함께 친구들에게 미안한 마음마저 든다.

의사 친구 J는 비자발적으로 퇴사한 지 수개월째다. 최근에는 M의 월급이 감봉되었다는 소식도 들었다. P는 종합병원에 입사한 지 열 달째지만, 제 때에 월급을 받은 적이 한 번도 없다고 했다. 제일 속상했던 건 H의 이야기다. H는 종합병원에서 일하는 내과 과장이다. 그 병원은 매월 마지막 주 금요일 아침에 병원장을 비롯해 전체 과장 회의를 한다. 내과, 외과, 산부인과, 소아과, 정형외과 등 각각의 임상과마다 매출을 확인하고 전달의 매출과 비교한다. 매출이 눈에 띄게 높은 과와 그렇지 못한 과는 이미 몸값에서부터 차이가 있는데도 불구하고 비교를 당한다. 학생 때도 성적표 가지고 비굴해진 적 없는데, 의사가 되어 매출로 상대 평가를 받는다.

어느 직장이나 실적 압박이 있기 마련이다. 그러나 병원에서의 실적 압박은 다른 직장에서의 것과는 그 성질이 다르다. 가끔은 호객 행위라도 해서 환자를 끌어와야 하는 생각도 든다. 기다란 풍선 인형탈을 쓰고 "잘해드릴게, 저한테 진료받으러 오세요"라는 아이디어를 내본다.

그들을 떠올리며 연봉 협상은 굳이 안해도 좋다고 생각한다. 매달 25일이면 따박따박 월급을 주는 여기에서, 나는 적어도 돈 문제로 치사하게 굴지 않아도 된다. '돈 벌려고 의사 한 거 아니다'라는 내 소신을 지킬 수 있다.

'매년 연봉 협상 안하면 어떠랴.'

주변을 둘러보니 지금의 내 직장이 제일 괜찮아 보인다. 이런 이유로 나는 이곳에 충성하고 있다. 친구들도 이 자리를 꼭 붙들고 있으라는 조언을 아끼지 않는다.

어떤 이는 월급쟁이 의사가 하기 싫으면 "병원을 차려!"라고 말한다. 회사 다니는 게 힘들다는 직장인에게 "그렇게 힘들면, 직장 때려치우고 회사를 차려!"라는 말과 똑같다. 위로는 그렇게 하는 게 아니다. 직장인 의사의 현실을 모르고 하는 소리다. 환자를 진료하는 것과 병원을 운영하는 것은 다르다. 병원을 운영한다는 건 새로운 사업을 하는 것이다. 공부하고 환자 진찰하는 건 학교에서 배웠지만, 병원을 차리고 운영하는 걸 배운 적은 없다.

무엇보다 요즘에는 규모의 경쟁이 먹히는 시대다. 크게 하지 않으면 인건비조차 건질 게 없다. 작은 의원에서는 원장이 병원 화장실의 막힌 변기까지 수리해야 하는 실정이다. 물려받을 병원이 있는 사람과 무리한 대출을 끌어서라도 시도해보는 사람이 있을 뿐이다.

물론 의사들 사이에서도 상위 1%는 있다. 그들은 우리와 격이 다르다. 그들은 정말 그야말로 상위 1%의 삶을 사는 사람들이다. 사람들은 의사의 삶이라면 화려한 유명인의 삶만을 떠올린다. 화면에 보이는 그들의 삶이 의사들의 전부라고 믿는다. 상위 1%는 의사의 삶을 대표하는 사람들이 될 수 없다.

갑과 을을 나누는 것은 별 의미가 없는 일이다. 삶은 같은 무대에서 매번 주인공을 바꾼다. 우리 모두 어떤 때는 갑이 되고 또 어떤 때는 을이 된다. 진료실이라는 공간에서 의사가 갑일지 몰라도 그 의사는 동시에 또 다른 곳에서 을이 되기도 한다. 진료실에서 의사는 갑이기도 하지만, 동시에 봉직 의사는 병원의 또 다른 을이다.

오늘의 갑이 내일엔 을이 되기도 한다. 영원한 것은 없다. 하루아침에 갑과 을의 위치가 바뀐다. 어제 갑이었던 의사가 을이 되고, 환자가 갑이 되기도 한다. 나는 당신이 본 의사의 갑질만큼이나 환자의 갑질도 많이 봤다.

의사는 모두 절대 갑이 아니다. 나는 수많은 을 중 하나다. 우리를 오해하는 그들에게 말하고 싶다.

"야! 나두 을이야."

연봉 협상의 시즌이다. 세상의 수많은 을들이 이번 연봉 협상에서 좋은 결과를 얻기를 바란다. 파이팅!

환자는 살아있고, 의사는 죽었네

그럼에도 계속 이어지는 그의 삶

10년 전만 해도 내가 근무하는 이 병원은 잘 나가던 K 의사의 소유였다. 그 의사가 이 병원을 떠나고 의사가 바뀐 지도 여러 해가 지났다. 그럼에도 환자들은 여전히 이 병원에 오고, K 의사를 그리워한다. 떠나간 그 의사와 정반대의 젊은 여의사인 나를 보면서 그를 떠올린다. 이 병원을 방문하는 목적이 내가 아니라 K 의사 때문이라는 것을 상기시켜준다.

"그 선생님, 사람 참 좋았어. 나랑 친구도 먹고 그랬다고. 그런데 그 선생님이 그렇게 떠날 줄은 몰랐지."

"이 약이 그때 그 선생님이 지어준 약인데, 나하고 참 잘 맞아. 몇십 년을 먹어도 속도 편해."

직접 마주한 적 없지만, 여러 경로를 통해 들은 이야기로 그의 족적을 확인할 수 있었다. 그는 어렸을 적 소아마비를 앓았다. 후유증으로 생긴 불편한 다리를 가지고 의사가 되었다. 의사가 된 이후 자신의 장애를 거울삼아 환자들의 아픔을 진심으로 위로해주었다. 사람들은 그의 불굴성과 진심에 감동했을 것이다. 환자들이 받은 감동은 다시 환자를 끌어들였다. 지역에서 유명해진 그는 사방으로 병원을 운영하게 되었다. 하나의 병원에는 의사 한 명만이 근무할 수 있기에 각 병원에는 신임 두터운 후배와 실력 있는 간호사들로 채웠다. 당시 K의사 병원에 근무하던 수간호사 대부분은 K 의사가 졸업한 대학병원 출신이었다. 대학병원에서 일 잘하는 간호사를 개인병원에서 근무시키는 것이란, 여간 어려운 일이 아니다. 이것만 봐도 그의 능력이 얼마였는지 가늠할 수 있다. 그렇게 서울에만 여러 개의 병원을 가지게 되었다.

동시다발적으로 여러 개의 병원을 운영하던 중 문제가 생기기 시작했다. 유능했지만 몸은 하나였던 그에게도 힘에 부치는 일들이었을 것이다. 결국 그는 병원을 정리하기로 결정한다. 한 의료재단에 그가 소유하고 있던 병원 모두를 넘기기로 한 것이다. 그곳이 지금 내가 근무하고 있는 바로 이 병원이다. 이곳에서 여러 해 근무한 나는 예상할 수 있다. 그 협상과정이 녹록지 않았을 것이다. 많은 일을 벌여놓을수록, 거둬야 할 것들이 많을수록 뒤처리는 무거운 법이다. 모든 것이 그를 압박했을 것이다.

여느 때와 달리 힘에 부치는 어느 날 밤이었다. 모든 걸 참아왔을 그였지만, 가슴통증과 턱밑까지 차오르는 호흡 곤란만은 버틸 수가 없었다. 환자들이 겪었을 고통을 직접 경험하며 구급차에 몸을 실었다. 가쁜 호흡을 이끌며 도착한 곳은 그가 수련받았던 대학병원의 응급실이다. 모르긴 몰라도 그곳에서 그가 살렸던 환자가 수십 명은 되었을 것이다. 호흡곤란만 아니었다면, 한참 아래인 후배를 보며 반가운 마음에 진심 어린 조언 한두 마디 정도는 해줄 수 있었을 텐데 그럴 수가 없었다. 곧바로 인공호흡기가 부착되었다. 한순간에 넋이 나간 심장은 돌아오지 못했다. 수많은 환자를 살려왔던 그였지만 자신에게만은 속수무책이었다. 사람 여럿 살린 유능한 의사도 자신에게 주어진 질병과 죽음의 운명은 피하지 못했다. 급성 심근 경색이었고, 정황상 과로가 원인이었을 것이라고 한다.

환자들은 병원에서 그가 오기를 기다렸지만, 병원의 주인이었던 그는 자신의 병원으로 돌아오지 못했다. 환자들은 살아 있지만, 그들의 의사는 죽었다. 10년이 지나도록 이 병원의 명맥을 잇는 것은 병원을 세운 의사가 아닌, 살아남은 환자들이다.

사람들은 자신의 건강을 돌봐주던 의사가 죽었다고 하면

충격을 받는다. 건강에 좋은 것과 나쁜 것들을 모두 다 알고 있는 의사는 늘 건강할 것이라고 생각한다. 하지만 건강한 것들로만 삶을 채우기란 불가능하고 알면서도 행동하지 못하는 것이 사람이다. 의사도 사람이기에 모든 걸 피할 수 없다.

K 의사의 인생은 짧았지만 그를 추억하는 많은 환자들이 그의 삶을 길게 만들고 있다. 나 또한 그가 남긴 환자와 인연이 되어 그를 짐작한다. 그가 환자에게 보여준 애정을 통해 의사의 자질에 대해 배운다. 동시에 그는 우리에게 숙제를 남겼다. '어떻게 삶을 살고 언제, 어떻게 휴식을 취해야 하는가'라는 질문이다. 아마도 그는 공부하고, 환자를 보고, 일을 하는 것에는 능숙했지만, 쉬는 건 서툴렀을 것이다. 내가 그랬고, 우리 모두가 그렇게 살았던 것처럼 말이다.

과도한 업무로 수면 시간이 절대적으로 부족한 경우, 하루도 피곤하지 않은 날이 없을 때, 가슴의 압박감과 두통이 해결되지 않을 때 우리는 쉬어야 한다. 그렇지 않으면 우리 몸에서 중요한 심장과 뇌는 결국 폭발하여 심근 경색, 뇌경색, 뇌출혈로 자신의 정체를 드러낸다. 달리기만 하고 멈추지 않는 자동차는 결국 고장 나기 마련이듯, 가끔은 멈추어야 한다. 평생 멈추지 않고 살아온 사람에게 쉼이란 의도적으로 해야 하는 것이다. 충분한 수면과 휴식 시간을 가지고, 자신의 건강을 확인해야 한다. 동시에 재삼재사, 스스로에게 달리는 이유를 물어야 한다.

얼굴 한 번 본 적 없는 그에게서 많은 깨달음을 얻는다. 능력자의 삶이란 이토록 오랫동안 타인에게 영향을 주는 법이다.

의사도 정신과 갑니다

가시는 누구에게나 상처를 남긴다

내과 의사인 내가 정신과 문을 두드린 건 처음이었다. 그 환자 때문에 그리고 나조차 이해되지 않는 내 말과 행동 때문이었다.

칼은 사람을 살릴 수도 있고 죽일 수도 있다. 과일을 깎아 먹을 수도 있다. 깡마른 몸에 까만 피부, 짧게 자른 머리의 그 환자는 왼쪽 팔에는 굵은 바늘을 꽂고 혈액투석을 받으며, 오른손으로 칼을 들고 사과를 깎아 먹고 있었다. 붉은 혈액이 거침없이 돌아가는 투석 기계를 바로 옆에 두고 있었다. 칼과 피, 그 둘은 너무 가까웠다. 그 사이에 의사인 내가 있다.

몸의 잔털은 곤두섰고, 가슴은 쿵쾅쿵쾅거리며 요동치고 있었다. 분노조절장애가 있어 정신과와 경찰서를 들락거린다고 스스로 떠들고 다니는 그였다. 간호사들은 그 환자와 멀어지고 싶은 마음만큼 멀리 떨어져 있다. 그에게 말을 걸 사람은 나밖에 없다. 내 의지와 상관없이 쿵쾅거리는 내 심장 소리를 환자에게 들키면 안 된다. 칼의 사용은 자제해 달라고 친근하면서도 정중하게 부탁했다. 그는 샐쭉한 표정만 지었다. 그의 분노가 폭발하지 않아 다행이었다.

며칠 뒤 올 것이 왔다. 그가 나에게 면담을 요청했다. 그와의 면담은 한두 번 있는 일이 아니다. 옆자리 환자, 간호사의 말투, 병원의 환기 시스템, 병상의 간격까지 모두가 그의 신경을 거스르는 것 투성이다. 이번 힐난 대상은 예상 밖이었다. 그의 불만은 옆 옆자리 환자였다. 그는 돌연 자신의 옆 옆자리 환자가 마음에 들지 않는다고 했다. 사람이 사람을 싫어하는 데에는 이유가 없다지만, 그는 언제나 이유가 명확했다. 옆 옆자리 환자의 목소리가 크다는 게 그 이유다. 그 환자의 입을 막아 달라고 했다. 선생님에게 짝꿍의 비리를 고자질하는 학생처럼 보였다. 아니 학생이라고 하기엔 섬뜩했다. 그는 분노를 어떤 형식으로든 표현하려 했다. 타인에게 분노를 폭발해야만 하는, 그는 그것을 참을 수 없는 환자였다.

그가 주머니에서 뭔가를 꺼냈다. 핸드폰이다. 핸드폰에서 사진 하나를 찾아 보여준다. 날이 서슬 퍼런 도끼다. 내게 최신상 도끼라며 자랑해 보였다. 은도끼, 금도끼, 나무도끼 등 나도 도끼라면 많이 봐왔지만 실물 그대로 날것의 도끼는 처음이었다.

병원의 관리 책임자는 내가 맞지만, 환자의 입을 막을 권한 같은 건 내게 없었다. 환자는 의료진과 대화할 권리가 있다. 그리고 환자와의 '라포르 형성(의료자와 환자 사이의 공감)'을 위해서는 가벼운 대화가 필요하다. 하지만 환자의 이야기를 듣고 그건 내가 할 수 없는 일이라고 딱 잘라 말했다. 그는 내심 실망한 기색이 역력했다. 때는 이때다 싶었는지 그동안 자신에게 내려졌던 금지된 것들에 대해 불만을 쏟아냈다. 사용을 지적받았던 과도, 진료실 내 음식물 섭취 등 그를 둘러싼 모든 금지된 것들에 대해서였다. 왜 다들 그렇게 금지된 것들만 하고 싶은 건지 모르겠다.

그의 공격적인 말투에 나도 가만히 있지 않았다. 다 그럴 만한 이유가 있었다. 감염의 확산을 방지하기 위해 다른 환자들의 안전을 위해 서로가 지켜야 하는 예의였다. 진료실 안에 고성이 터졌다.

"왜 다 안된다는 거예요? 원장님은 착한 줄 알았는데 아니었네요."

착한 의사란 환자가 원하는 건 무엇이든 해주는 사람인 것인지 되물었다. 내게 능력 없음을 확인한 그는 스스로 여기저기 독기를 뿜고 다녔다. 본인의 치료가 종료되어 집으로 귀가해야 함에도, 병원 앞 골목에서 다른 환자들을 기다렸다가 한참을 노려보곤 했다.

"선생님, 환자 체온이 38.3도예요."

누군가 열이 났다는 소식에 중무장을 하고 나갔다. 그였다. 코로나 시대에 열이 난다는 것은 격리를 의미한다. 코로나가 의심되는 환자는 다른 환자와 함께 치료를 받을 수 없다. 하지만 그는 일주일에 세 번, 병원에서 혈액투석 치료를 받지 않으면 목숨이 위험해지는 환자다. 환자를 위한 시간과 공간을 따로 마련해야 했다. 환자들과 의료진 모두가 떠난 시간에 별도의 치료를 준비했다. 특별 학생에게 제공되는 방과 후 수업 같은 거다.

텅 빈 투석실에 그 환자 하나를 위해 간호사 한 명과 내가 남았다. 말썽쟁이 학생은 언제나 지각이다. 약속된 시간이 지나도 그는 나타나지 않았다. 기다리고 기다렸다. 그는 약속한 시간에서 2시간을 훌쩍 넘기고 어슬렁거리며 나타났다. 늦잠을 잤다고 했다. 나와 함께 남은 간호사는 화가 잔뜩이다. 나는 애써 태연한 척했다. 내 본분은 의사이고 환자의 치료가 제일 중요하다. 지금 화가 난 것을 눈앞에 있는 환자에게 표현하는 건 성숙한 의사의 모습이 아니다. 그렇게 평소보다 한참 늦어진 퇴근을 하면서도 뭐가 잘못된 건지도 몰랐다.

"애인한테 얘기하는 줄 알았대요."

다음날 어제 나와 함께 남았던 간호사의 증언이다. 전날 내가 환자에게 했던 말과 행동을 본 그녀다.

'내 모습이 그렇게 비쳤다고? 말도 안 돼.'

얼굴이 뜨거워졌다. 그 환자에게 했던 내 말과 행동이 오랜 시간 기다리게 한 애인에게 투정 부리는 모습이었다니, 얼마나 어색하고 우스웠을까. 말도 안 되는 상황에서 이해되지 않는 내 행동을 나는 성숙한 의사의 모습이라고 착각하고 있었다.

애인, 사랑하는 사이, 내가 그를 사랑해서 기다렸던 건 아니다. 그에 대한 내 감정은 사랑이라는 단어와 가장 먼, 정반대의 그 무엇이었다.

내 행동에 대한 제삼자의 증언을 듣고 보니, 나도 나 자신이 이해되지 않았다. 나는 나의 공식적인 애인인 남편에게조차 부드럽게 얘기하지 못하는 사람이 아닌가. 가장 가까운 가족에게는 온갖 모진 말과 무뚝뚝한 표현을 그렇게 잘하면서 그 환자에게는 애인에게나 할 법한 그런 말과 행동을 하고 있었다.

아무것도 할 수가 없었다. 그렇게밖에 하지 못하는, 능력이 그것밖에 되지 않는 스스로가 한심했다. 아무 잘못도 없이 극복해야 할 상처가 생겼다. 애인 사이에도 상처받은 마음을 회복하려면 시간이 필요하다. 하지만 내겐 상처가 아물 시간이 없었다. 우리는 만나도 너무 자주 만났다. 치료를 위해 일주일에 세 번은 얼굴을 마주해야 하기 때문이다. 이틀 뒤에 그 환자를 또 만나야 했다. 도망갈 곳이 없었다. 걱정 끝에 두려움, 두려움 끝에 불안이 꼬리를 무는 상황이었다.

바닥에 떨어진 내 가치는 도무지 올라올 기미가 없어 보였다. 내가 일어서지 못하도록 걱정, 불안, 두려움, 공포가 나를 짓누르고 있었다. 마스크로 이미 얼굴의 반 이상을 가리고 있었지만 부족했다. 나의 흔들리는 눈빛과 떨리는 말투가 행여 누군가에게 들킬까 봐 겁이 났다. 환자들을 똑바로 바라보지 못하고, 마땅히 해야 할 말도 하지 못했다. 이런 상태로 누군가를 진료하는 것은 불가능했다.

치료는 내가 필요했다. 그런 이유로 나는 정신과 진료실에 문을 두드렸다. 건장한 체격의 40대 후반 정도로 보이는 정신과 선생님은 남자였다. 보자마자 눈물이 왈칵 쏟아져 나왔다. 내가 저기 앉아 있는 저 선생님처럼 남자 의사였다면, 내가 힘이 센 남자였다면 이렇게 나약함을 드러내지 않았을지도 모른다. 서러움이 쏟아져 나왔다.

피, 도끼, 칼

한 환자에게 그 모든 것이 있었다. 환자 옆에는 의사인 내가 있어야 했다. 나에게 보여준 도끼, 늘 가방에 소지하고 다녔을 칼, '그 도구들이 나를 위한 것은 아닐까?'라는 끔찍한 상상을 했다. 내가 가진 것은 사랑하는 남편과 딸 그리고 내 목숨뿐이다. 내게 있는 몇 안 되는 것들을 도끼와 칼이 빼앗아 갈 것만 같았다. 나 없이 남겨질 두 사람이 가여워서 어쩔 줄 몰랐다.

누구에게도 말하지 못했다. 입 밖으로 꺼냈다가 그 모든 것이 상상이 아닌 현실이 될 것 같아서 함부로 꺼내지 않았다.

한 번 터진 눈물은 모든 걸 자백하게 만들었다. 말하면 모든 게 무너질 줄 알았는데, 반대였다. 나를 짓누르던 것들이 조금씩 가벼워지고 있었다. 그저 내 얘기를 했을 뿐인데도 이미 절반은 해결된 것 같았다. 나머지 절반은 정신과 선생님이 해결해 주길 바라며 그의 말을 기다렸다.

"왜 혼자서만 그 짐들을 다 지고 가려고 하죠? 주변에 도움을 요청하세요. 남자들도 그런 상황에서는 공포를 느껴요. 아프고 싶지 않은 건 사람의 본능이니까."

평생 간직하고 싶은 말 몇 마디와 알약 몇 개를 같이 받았다. 내가 여자 의사이기 때문에 그를 두려워한다고 생각했다. 그런데 아니었다. 남자도 신체적 폭력에 대한 두려움이 있다. '내 앞에 있는 남자 선생님도 폭력은 두렵다니….' 실로 위로가 되는 말이었다. 여자로 태어났기 때문에 미처 생각하지 못했던 거다.

쿵쾅쿵쾅. '나만 이렇게 겁나는 건 아니야. 내가 여자라서, 내가 나약해서가 아니야. 지금 내가 겁나는 건 내 심장이 뛰기 때문이지, 내가 겁나서가 아니야'라고 다짐해도 소용없다. 속절없이 쿵쾅거리는 심장소리를 잠재우기 위해 알약 하나를 집어삼켰다.

몇 년간 쳐다보지도 않았던 정신과 책을 들춰봤다. 두려웠던 환자, 그에게 했던 따뜻한 말과 행동의 이유를 책에서 찾았다. 나는 반동 형성이라는 방어기제를 사용하고 있었다. 반동 형성은 용납할 수 없는 감정이나 충동 또는 성향과는 정반대로 행동하게 하는 정신기제다. '화를 내야 할 상황'에서 감정의 균형을 유지하기 위해 나는 환자에게 생긴 공포의 감정을 '애인에게나 할 법한' 정반대의 행동으로 표현하고 있었다. 나를 보호하고 충돌들을 타협하기 위해 어쩔 수 없이 선택한 수단이다. 내 행동의 이유를 알고 나니 나를 이해할 수 있었다.

환자는 아픈 사람이다. 몇몇은 자신의 아픔을 감추기 위해 그곳에 가시를 심어놓는다. 그들은 자신의 몸에 가시가 있다는 것조차 알지 못한다. 뾰족한 가시를 보며 '만지면 아프겠지'라는 생각을 한다. 상처를 입을 걸 알면서도 그들에게 손이 간다. 그들은 아픈 환자이고, 그것들을 만지는 건 의사인 내가 해야 할 일이다. 가시투성이인 그들은 살짝만 건드려도 쉽게 상처를 낸다. 상처는 깊고 아프다. 하지만 나는 내가 받은 상처를 누구에게도 하소연할 수 없다. 그들은 언제나 보호받아야 할 환자이고 의사인 나는 그들을 보호해야만 한다.

가시 돋은 환자의 말이 들린다.

"나는 아픈 환자야. 나는 과거에 상처를 입었기 때문에 지금 이럴 수밖에 없어. 그러니까 당신들은 나를 이해하고 내가 하는 어떤 것이든 다 받아줘야 해. 나는 언제든 분노를 폭발할 수 있는 환자니까."

내 몸을 더듬어 본다. 상처를 찾아보기 위해서다. 아야. 날이 선 말투, 까칠한 표정, 무의미한 대답. 아뿔싸. 이건 상처가 아니라 가시다. 내가 받은 상처, 아픔을 감추기 위해 나 역시 가시를 만들고 있었다. 언제 생긴 거지? 나도 모르는 사이 내 안에 가시는 이미 자리 잡은 지 오래다. 내 안의 가시를 다시 만져본다. 나를 보호해 줄 사람은 없고, 그 가시를 만질 사람은 나뿐이다. 뾰족한 가시도 계속 만지면 무뎌지니까 내 안의 가시들이 닳고 닳아 무뎌지길 바란다.

내 안의 가시, 그들의 가시. 가시는 누구에게나 상처를 남긴다. 고통을 피하기 위해 본능적으로 몸을 움츠릴 수밖에 없다.

쿵쾅쿵쾅. 이건 내가 여자라서 나에게만 일어나는 유난한 소리가 아니다. 제멋대로 날뛰는 불안한 마음은 내가 통제할 수 없다. 높아진 혈압을 낮추기 위해 내과 의사가 필요하듯, 마음의 안정을 위해서는 정신과 의사가 필요하다. 그 도움을 받는 데 필요한 건 용기였다. 나와 그들의 가시가 무뎌지길 바라며 오늘도 가시를 만질 각오를 단단히 한다.

진료실에 경찰이 들이닥쳤다

진료 거부로 신고를 당했다

2018년도 1월 서울 한복판에서 화재가 발생했다. 누군가 종로장 여관에 휘발유를 뿌리고 불을 질렀다. 사고로 장흥에 살던 두 딸과 어머니가 사망하는 안타까운 일이 발생했다. 그들은 방학을 맞아 전국을 여행하던 중이었다. 종로 여관 방화 사건은 성매매 여성을 요구했던 방화범이 주인과 말다툼 끝에 벌인 우발적인 범행이었다. 나중에 알려진 일이지만 범행이 일어나기 1시간 전, 방화범은 이미 112에 신고를 했었다. 여관 주인이 숙박을 거절한다는 이유였다. 숙박 거부로 인해 벌어진 처참한 비극이었다.

같은 해에 나에게도 여관 주인과 같은 상황이 벌어졌다. 말기 콩팥병 환자에게 혈액투석은 생명을 유지하기 위해 필수적인 일이다. 혈액투석을 받지 못하면 생명이 위험해질 수 있다.

일주일에 3번, 한번에 4시간이 혈액 투석의 표준 치료 요법이다. 병원과 환자는 특정 요일, 정해진 시간에 투석 치료를 받도록 약속한다. 환자의 권리이자 의무인 셈이다.

그는 일주일에 세 번 혈액투석을 받는 환자다. 정해진 날, 일정한 시간에 내원한다는 약속을 했다. 하지만 언젠가부터 스케줄도 멋대로 바꾸고 치료가 끝나지 않았음에도 종료해달라기 일쑤였다.

그날은 투석을 위한 바늘을 꽂은 지 10분도 채 되지 않았을 때였다. 투석실에서 큰 소리가 오갔다. 막무가내로 투석 바늘을 빼 달라고 하는 것이었다. 이유가 없었다. 치료를 더 진행해야 한다고 설득했지만 환자는 혈액투석 바늘을 잡아 뽑아 버리겠다고 소리쳤다. 침대가 빨간 피로 물들고 그걸 수습할 걸 생각하니 아찔했다. 더 이상은 무리였다. 결국 치료가 종료되었다. 환자는 오늘 투석을 받지 못했으니, 대신 내일 투석을 받겠다고 했다. 환자로서의 의무는 버린 채, 권리만 요구하고 있었다. 모든 자리는 이미 예약이 되어있기 때문에, 멋대로의 스케줄 변경은 힘들다고 말했다. 그는 흥분을 하기 시작했다.

"어쩌라는 거야. 지금 나 진료 거부하는 거야? "

"환자분, 이곳은 다른 환자들이 같이 치료를 받고 있는 곳이에요. 목소리를 낮춰주세요."

화가 난 그는 소리를 지르기 시작했다. 투석실에서 치료 중인 환자는 혈관에 굵은 바늘을 꽂고 각자 침대에 누워 있어야 한다. 그들은 난동을 부리는 환자를 제지할 수도 없고 그 상황을 피하기 위해 자리를 뜰 수도 없다. 그 상황을 그대로 지켜만 본다. 싸움 구경은 결코 신나는 일이 아니다. 싸움을 구경한 그들의 맥박과 혈압이 급격하게 올라가는 걸 보면, 분명 괴로운 일임에 틀림이 없다.

환자뿐 아니라 나를 포함하여 직원들 모두의 맥박과 혈압이 뛰고 있음이 느껴졌다. 그 공간에서 불을 끌 수 있는 건 책임자인 나뿐이었다. 행동은 감정을 지배한다. 내가 낼 수 있는 최대한 단호하고 큰 목소리를 내었다.

"나가주세요. 지금 너무 흥분해 계시고, 다른 환자분들이 치료를 받아야 하니깐 나가주세요."

"나보고 나가라고? 너네 지금 진료 거부하는 거지. 내가 곱게 그냥 나갈 줄 알아? 이 병원 내가 시너 뿌리고 다 불태울 거야. 다 죽여버릴 거야."

겉으로는 담담한 척했다. 누군가와 큰 소리로 싸운 적도 없고, 이런 협박을 받아 본 적도 처음이었다.

"불을 지른다"는 그의 표현에 얼마 전 발생했던 종로 여관 사건이 떠올랐다. 분노로 가득 찬 그는 이성을 잃어가고 있었다. 가만히 두었다가는 큰일이 날 것만 같았다. 간호사에게 환자를 진료 방해 혐의로 경찰에 신고할 것을 지시했다. 경찰 출동 소식에 환자는 짐을 싸고 자리를 떠나려 했다. 병원에서 나가 달라고 외쳤던 나는 떠나는 환자를 붙잡아 둘 수 없었다. 한발 늦은 경찰의 출동 덕에 환자는 상황을 모면했다.

그날을 시작으로 그는 노골적으로 협박을 하기 시작했다. 고성은 기본이고 간호사의 머리를 지갑으로 내리치기도 했다. 수간호사는 한밤중에도 그의 전화를 받아 밤을 설쳐야 했다.

더 이상 우리와 인연을 이어갈 수는 없었다. 의료진에 대한 증오 가득한 곳에서 치료가 제대로 이루어질 리 만무했다. 환자는 우리가 아닌 다른 곳에서 치료를 받아야 한다. 치료를 받을 병원이 정해지기 전까지만 우리 병원에서 치료를 하기로 했다. 하지만 그는 옮길 병원을 알아보지 않고 차일피일 미루기만 했다. 치료실 내 언어폭력은 그대로 유지한 채였다. 그가 병원에 오는 날이면 모두 신경이 곤두서 있었다. 나 역시 며칠째 잠 못 이루는 나날들이 이어졌고, 병원으로 출근은 지옥길이 되어있었다. 그에게 이번이 우리 병원에서의 마지막 치료라고, 이번 주까지라고 기한을 못 박았다.

그는 분하다는 얼굴이었다.

진료실에 경찰이 들이닥쳤다. 그가 나를 진료 거부하는 의사로 경찰에 신고한 것이다. 며칠 전 진료 방해로 신고했을 때는 한발 늦더니, 이번엔 경찰의 기동력이 빠른 날이었다. 진료실을 오가는 소란한 경찰들의 발걸음에 나는 위축되었다. 하지만 출동한 경찰은 난처함을 표했다. 진료 거부에 대한 신고는 보건소 관할이기 때문에 경찰이 할 일은 없었다. 환자가 번지수를 잘못 짚었던 것이다.

그의 분노가 어디로 향할지 두려웠다. 그의 발걸음을 거절하고 싶었다. 일주일간 간호사와 내가 받았던 모든 피해에 대해 정리했다. CCTV, 문자, 전화 기록, 동영상을 확보했다. 진료 방해죄, 협박죄, 폭행죄, 모욕죄로 경찰서에 고소장을 접수했다. 모든 상황을 지켜보았던 환자들도 증인을 서주겠다고 나섰다. 그렇게 하지 않고는 우리의 정당한 진료 거부 행위는 입증될 수가 없었다.

다음날 보건소에서 전화가 왔다.

"○○구 보건소인데요. 진료거부로 신고가 들어와서요. 환자분이 치료를 받아야 하는데 진료를 거부하고 계시다고…."

번지수를 제대로 찾은 환자가 정식으로 나를 보건소에 신고한 것이다.

"진료실에서 환자분이 난동을 부려서 경찰에 고소장을 접수한 상황입니다."

"치료를 받지 않으면 안 되는 환자라면서요. 웬만하면 그쪽 병원에서 해주시죠."

아프고 힘든 환자, 절대 약자는 어떤 상황에서든 보호받아야 한다. 보건소 공무원은 절대 약자를 보호한다는 선한 의지를 가지고 있었다. 그렇다면 나를 보호해 주는 곳은 어디에 있는가. 서러움에 목소리가 떨렸다.

"두렵습니다. 환자에게 받은 충격으로 제대로 된 진료를 할 수 없습니다. 제가 부탁드릴게요. 환자가 편한 곳에서 치료를 받을 수 있게 병원을 알아봐 주세요."

공무원에게 읍소했다. 부디 환자를 품을 수 있는 병원을 알아봐 주기를 바랐다. 긴 통화 끝에 공무원은 나를 이해한다고 했다. 다음날 환자는 보건소에서 알선해준 병원으로 옮기게 되었다.

얼마 지나지 않아 나는 그 병원을 떠났다. 경찰서에 접수한 고소장으로 인해 그는 벌금을 받았다고 전해 들었다. 그후로 그는 병원으로 전화해 나의 안부를 물었다.

'밤길 조심하라고.'

그 병원과 멀리 떠나길 잘했다고 생각한 순간이었다. 4년이 다 되어 가는데도 그 일은 아직도 생생하다. 주머니에 넣었던 손을 꺼내면 얼어버리는 강추위의 겨울이면 한 번씩 벌어지는 방화사건이 발생할 때마다 생각난다. 당시 나는 환자가 정말로 병원에 불을 지르거나, 내 뒤를 밟아서 해코지를 할지도 모른다는 생각에 잠을 이룰 수가 없었다. 앙심을 품은 이가 어떤 복수의 칼날을 들이댈지, '이제 갓 돌 지난 아이를 두고 내가 잘못되면 어쩌지'라는 생각에 불면의 밤을 보내야만 했다.

여관 주인의 숙박 거부에 분노를 참지 못하고 끝내 비극을 만들어낸 방화범처럼 의사의 진료 거부에 분노를 참지 못한 환자가 어떤 비극을 끌어낼지 모를 일이었다.

환자가 그토록 외치는 의료진의 진료 거부는 현행 의료법 15조 1항을 말한다.

'의료인 또는 의료기관 개설자는 진료 요청을 받으면 정당한 사유 없이 거부하지 못한다.'

하지만 의료인이 정당하게 진료를 거부할 수도 있다. 환자 또는 보호자 등이 해당 의료인에 대해 모욕죄, 명예훼손죄, 폭행죄, 업무 방해죄에 해당될 수 있는 상황을 형성하여 의료인이 정상적인 의료행위를 할 수 없도록 한 경우가 그것이다.

진료실에는 각계각층의 다양한 사람들이 온다. 진료실 문을 열고 들어오는 환자를 막을 방법은 없다. 환자를 가려서 받지 못한다. 그건 마땅히 해서는 안될 일이다. 그러나 때때로 의사는 두렵다. 당신은 나를 알지만 진료실 문을 열고 들어오는 당신이 누군지 나는 모른다. 누군가에게 폭력을 당할까 봐, 원한을 품는 대상이 될까 봐 자꾸만 움츠러든다. 두려운 순간이 와도 태연한 척할 수밖에 없다. 3평 진료실, 이곳에는 도망갈 수 있는 비상구가 없다. 용기내어 큰 목소리로 말한다.

"나가주세요. 진료를 거부합니다."

꿈은 건물주, 현실은 그냥 건물

"1000만 원짜리 중고차에 500만 원 수리비? 어디 다친 곳은 없어?"

의대 동기의 전화였다. 아침 출근길에 고속도로에서 교통사고가 났다고 했다. 사고를 당한 직후 그는 곧바로 렌터카를 빌려 병원으로 출근했다. 자동차가 반파되는 사고에도 스스로 툭툭 털고 일어났다. 대충 몸을 굴려보니 어디 하나 다친 곳 없어보였다. 다행이었다. 병원에 도착해서 자신의 안위가 아닌 환자를 돌봤다.

그의 꿈은 건물주라고 했지만, 내가 볼 때 그는 움직이는 건물 그 자체다. 건물에서 나오는 수입은 오로지 건물에 출근을 할 때만 지급된다. 움직이지 못하는 건물은 수익을 창출하지 못한다. 나도 그와 다르지 않다. 우리는 건물이다.

건물의 준공은 의사면허증 또는 전문의 자격증을 얻은 순간이다. 그런 의미에서 의사의 가족은 건물주가 될지도 모른다. 누군가는 그랬다. 의사 딸, 의사 아들보다 의사 사위나 의사 며느리가 좋다고….

준공 직후 봉직의 세계에 발을 들여놓는 순간부터, 건물은 본격적으로 일하기 시작한다. 3월에는 자신과 같은 처지의 건물들이 한꺼번에 많이 배출되기 때문에 자리를 잡는 것이 쉽지 않다. 정착하지 못하고 방황하는 건물들도 있다. 이들 중 일부는 시세가 약한 곳으로 가거나, 남들이 기피하는 험지에 터를 잡는다. 좋은 자리가 날 때까지 단기 계약을 하거나 하루 일당으로 연명하기도 한다.

건물의 무단 결근은 허용되지 않는다. 다쳐서도 안된다. 건물의 수리는 계획 하에서만 가능하다. 갑작스러운 입원이나 응급 수술은 모두를 난처하게 한다. 건물에게는 자신의 안위보다 그 자리를 메꿔줄 대체 의사 구하는 일이 더 시급하다. 아이러니하게도 의사가 없으면 병원은 돌아가지 않지만 방빼기는 너무나 쉬운 곳이다. 내가 사라져도 내 자리는 또 다른 의사에 의해 채워진다. 나 하나쯤 없어도 병원은 아무일 없이 잘 돌아간다.

준공 후 5년쯤엔 건물의 가치는 절정을 이룬다. 여전히 신축에 속하는 이 건물은 외형적으로는 준공 직후와 큰 차이가 없으나 내면적으로는 그간의 임상 경험이 쌓여 노련미가 더해졌다. 담금질로 더욱더 단단해진 준공 5년 차 건물은 자신감도 한껏 높아진다. 자신이 생각보다 가치 있는 건물임을 알아채고 주변의 시세와 자신의 로딩을 비교하며 몸값을 상승하려는 시도를 한다. 갈아타기를 생각한다. 여러 차례에 걸쳐 몸값을 올리기도 한다.

이때 스스로 터를 잡고 정착할 수도 있다. 건물 자신을 바탕으로 땅을 구입한다. 병원을 차리는 것이다. 개업은 적지 않은 돈이 투자된다. 기반을 다지기 위해서 많은 제반 시설을 깔아야 한다. 직원을 구하고 시설을 투자하는 것은 모두 땅을 다지는 행위에 속한다. 안정이 될 때까지 적자가 지속되는 상황을 견뎌야 한다. 터를 잡은 건물은 더 이상 옮겨 다니지 않아도 되지만 한 번 자리 잡은 곳은 스스로 사라질 때까지 끝까지 자리를 지키는 게 일반적이다.

땅을 구매하지 않은 건물의 가치는 어느 순간부터 떨어지기 시작한다. 내면적으로 지식들을 업데이트하고 경험을 쌓는다 하더라도, 겉으로 드러나는 노후도를 덮을 방법은 없다. 나날이 늘어나는 흰머리를 염색하고, 얼굴의 주름은 레이저로 펴고, 마스크를 쓰고 다닌다 하더라도 손의 주름만은 가릴 수가 없을 것이다. 무엇보다 준공 직후, 한창 때의 열정이 오래 지속될 수가 없다. 건물과 계약하는 고용주 역시 열정 페이를 제공하는 젊은 봉직 의사를 원한다.

한곳에 오랫동안 안정적으로 유지될 수 있는 자리가 있다면, 건물은 쉽게 자리를 바꾸지 않을 것이다. 하지만 매해 신축 건물들이 준공되고, 신축들의 열정은 도무지 따라갈 수가 없다. 그러므로 건물은 옮겨 다닌다. 더 편한 곳으로, 더 안정적인 곳으로….

지금의 나는 봉직 7년 차, 건물로서는 절정을 이룬 상태로 갈림길에 섰다. 땅을 구매하고 터를 내릴 것인가, 계속 건물인 상태로 남아 있을 것인가. 닻을 내리지 못한 건물의 최후는 어떻게 될지 궁금하다.

의사는 하고 싶고, 병원은 떠나고 싶고

100세 시대. 의학의 발전으로 수명이 늘어난 건 환자뿐만이 아니다. 환자를 돌보는 의사의 수명도 길어졌다. 병원에서 일하는 의사의 연령도 환자의 수명만큼 높아졌다. 법적으로 정년이 없는 의사는 원하는 날까지 출근할 수 있다. '평생 일할 수 있어서 좋겠다'라며 모두가 부러워한다. 원한다면 평생 일할 수도 있다.

나는 한 달 중 월급날인 25일과 퇴사할 날을 손꼽아 기다리는 직장인이다. 코로나 시대임에도 결코 재택근무가 허용되지 않는다. 병원을 벗어나면 아무것도 아닌 사람이 된다.

수십 년 전, 꿈이 꿈으로만 존재했던 시절. 타인에게 도움이 되는 삶을 살고자 의사가 되기로 했었다. 의사라는 직업이 가진 태생, 모든 행위가 환자의 건강을 위하는 일이 되는 당연

함에 반했었다. 그 꿈을 이뤘다고 말할 수 있는 지금. 내 삶의 목표는 병원을 벗어나는 것이 되었다. 모든 직장인의 꿈이 퇴사인 것처럼 나도 그렇다.

내 인생의 전부를 걸었던 의사면허증과 병원 때문이다.

의사 가운의 무게는 생각보다 무거웠다. 의사들의 구속 소식은 한낱 이벤트로만 머물지 않았다. 생면부지 모르는 의사에서 건너 건너 아는 사람으로, 좋지 않은 소식들이 점차 나에게로 다가오고 있었다. 의료 사고 재판 중 법정 구속되었다는 선배 소식에 나는 머리가 멍해졌다. 그는 아이 둘을 가진 워킹맘이다. 이틀 전까지도 병원에서 환자를 진료하고, 집에서는 어린아이를 돌봤을 것이다. 하루아침에 차가운 바닥에서 지내게 된 선배와 선배를 기다리고 있을 아이들이 떠올랐다. 공판 기일날 아이들에게 제대로 인사나 하고 나왔을지 순식간에 선배와 내 얼굴이 겹쳐졌다. 선배는 운이 없었던 것이고 그동안 나는 억수로 운이 좋았던 것뿐이다.

의사는 교도소 담장 위를 걷는다. 의사에게 주어진 권한만큼 막중한 책임이 함께 따른다. 담장 위에서 어느 쪽으로 몸이 기울지 가늠할 수 없다. 평생 일할 수 있다는 의사면허증은 한쪽 발목에 묶인 족쇄다. 족쇄의 무게로 뛰지도 도망가지도 못한다. 함부로 족쇄를 풀 용기도 없다. 이것이 내 인생의 전부이기 때문이다.

3평 진료실. 좁지만 이 공간에서만큼은 내 마음대로 지낼 수 있다고 생각했다. 하지만 이곳에서도 진정한 자유는 허용되지 않았다. 환자와의 갈등, 고성이 방안 가득찰 때 숨고 싶었고 도망가고 싶었다. 내가 숨을 수 있는 공간과 비상구는 없었다. 남몰래 나갈 수 있는 곳이라고는 창문뿐이었다. 창문으로 도망쳐 4층 높이에서 뛰어내릴 수 없었다. 그럴 때마다 창문 밖에서 나를 바라보고 있던 건 비둘기였다. 구구라는 음성만을 내는 미물은 나를 안쓰러운 듯이 쳐다보고 있었다. 언제든 자유롭게 왔다가 내키지 않으면 떠날 수 있는 비둘기와 진료실 안에서 나오지 못하는 나, 누가 미물인지 묻지 않을 수 없었다.

병원에서 평생 일할 수 있을지 확신이 서지 않았다. 당장 이곳을 떠나가겠다고 하면 내가 아니라도 이 자리를 채울 의사는 많다. 게다가 내가 건강하지 못한 것도 한몫했다.

언젠가 자의적으로든 타의적으로든 병원을 떠나야 하는 순간이 오고 말 것이다. 병원을 떠나면 아무것도 아닌 사람이 된다. '나'라는 사람은 변함없는데 병원을 떠난다고 아무것도 아닌 것이 되는 것을 받아들일 수가 없었다. 이 세상에서 아무것도 아닌 사람은 없다.

내가 원하는 삶은 무엇인가. 원점에서 다시 생각해 보기로 했다. 진정 원하는 삶이 타인에게 도움이 되는 삶이라면, 반드시 진료실이라는 공간을 고집할 필요가 없을 것이다. 타인에게 도움이 되는 의사의 삶은 유지하고, 병원을 떠날 수 있는 자유를 원했다.

의사는 하고 싶고 병원은 떠나고 싶었다.

누구나 자유로운 삶을 원한다. 자유를 얻기 위해 나보다 앞선 선배, 동료들은 자신의 것을 만들고 있는지도 모른다. 자신만의 병원, 직원, 환자들…. 어쩌면 자기 것이 있다면, 그 길이 더 쉬울 수도 있다. 가장 보편적인 것이 진리에 가깝다.

나도 그들처럼 내 병원 만들기를 먼저 떠올렸다. 하지만 나는 겁쟁이다. 나의 모든 시작에는 재발이 함께 했다. 봉직의가 아닌 오너로서의 삶의 시작에 또다시 재발의 어두움이 들이닥치게 되는 건 아닌지 두렵다. 그렇다고 손 놓고 아무것도 하지 않을 수 없다.

선배들이 자신의 병원을 세우는 것처럼 나도 나의 것을 만드는 중이다. 내 병원, 내 환자, 내 직원은 없지만 내 채널은 손에 넣게 되었다. 글을 쓰고, 블로그, 유튜브를 만들며 사람들에게 건강에 대해 이야기한다. 3평 진료실의 공간에서 벗어나 넓은 세상에서 더 많은 이들에게 건강에 대해 잔소리한다. 내가 알고 있는 것들을 그들이 알고 있다면 조금 더 건강한 삶을 살 수 있을 것이다. 온라인 비대면 진료를 의미하는 건 아니다. 나의 목적은 방 안에서 인터넷으로만 검색하는 사람들을 일으켜 병원으로 가게 하는 것이다. 의사를 만나러 가는 길에 용기를 실어주고 싶다.

그렇게 의사라는 직업은 유지하고 병원은 벗어날 수 있을 것이다. 온라인 세계는 지금 일하는 진료실에 비교할 수 없을 정도로 넓다. 나를 위협하는 눈빛도, 시간 제약도 없다. 누구든지 원한다면 24시간 언제든 내 목소리와 글을 만날 수 있다. 영원히 사라지지 않을 온라인이라는 곳에서 나는 내가 좋아하는 의사로서의 삶을 살고 싶다. 애정을 담아 글을 쓰고 제작한 영상을 온라인으로 송출한다. 진지하고 재미없는 글과 영상들이 당장 도움이 되지 않더라도 언젠가는 도움이 되기를, 나의 진심과 이 메시지가 누군가에게 가닿기를, 내 글과 목소리가 누군가의 건강에 실 같은 보탬이 되기를 소망한다.

언제까지 봉직 의사로 있을거야?

"너는 개업 안 할 거야? 언제까지 봉직의로 있을거야?"

대학병원에 남아 교수가 될 사람이 아니면 의사는 두 갈래로 나뉜다. 봉직 의사 아니면 개업 의사. 전자는 병원에서 월급을 받는 월급쟁이고 후자는 병원을 운영하는 사업가라 할 수 있다.

주변에 개업 소식이 하나둘씩 늘어가고 있다. 친구뿐만 아니라 후배들도 신분이 바뀌어 병원의 주인이 되었다. 최근 주변 의사들의 개업 바람이 불었다. 세월이 흘러 나이가 들어서이기도 하지만, 코로나로 봉직 환경이 좋지 않은 것도 한몫했다. 많은 중소 병원들이 코로나 전담병원으로 전환되는 바람에 진료 환경이 변했다. 자신의 전공을 살리지 못하는 경우도 있었다.

동료 의사들의 개업 소식을 축하하며, 주변 선·후배 동기들이 언제까지 봉직 의사로 있을 거냐고 묻는다. 나 역시 개업 생각을 하지 않은 것은 아니다. 그럼에도 아직은 봉직 의사로 남아 있기를 바란다. 봉직 의사의 장점들 때문이다.

"드릴 말씀이 있어요"라는 직원의 면담이 두렵지 않다. 환자를 잘 보는 것은 모든 의사의 기본 소양이다. 대개 봉직 의사는 기본에 충실하면 된다. 반면 개업 의사는 기본 소양에 더해 병원 관리 능력을 키워야 한다. 세무, 회계, 의료 설비, 마케팅 등 관리해야 할 사항이 한둘이 아니다. 병원 운영에 있어 가장 힘든 것은 인력 관리라고들 한다. 아무리 작은 병원이라도, 유능한 의사여도 혼자서 병원을 꾸려 갈 수는 없다. 직원들은 다양한 이유로 자주 그만둔다. 운영자인 원장만 제외하고 다른 이들은 수시로 바뀐다. 불성실한 직원을 관리하고 새로운 사람을 선출해야 한다. 이때 들고 나는 사람의 관리는 일반적으로 원장의 몫이다. 늘 소수의 지원자만 있을 뿐이므로 선택의 여지가 없다. 개업 의사들은 "드릴 말씀 있다"는 직원의 면담이 반갑지 않다고 한다. 직원들이 평화롭게 지내기를, 집안 사정이나 건강이 나빠 그만두지 않기를 바란다. 하지만 봉직 의사인 나에게 직원 관리는 주어진 일이 아니다. 의사의 기본 자질인 진료에만 전념할 수 있다.

봉직의는 1년마다 계약 갱신을 한다. 안정적이지 않지만, 평생 직장이 없는 것이 장점이 되기도 한다. 마음에 들지 않으면 그만두면 된다. 급여, 근무 환경 등 나와 맞지 않는다고 생각하면 한 달 전에만 퇴사 의지를 표명하면 된다. 나는 한 직장에서 7년째 근무 중이지만 이직을 자주 하는 의사 친구들도 많다. 반면 개업 의사는 자신의 병원을 떠날 수가 없다. 몸이 좋지 않아도 응급 상황이 발생해도 병원 문을 닫을 수 없다. 병원을 떠나야 한다면, 나 대신 진료할 다른 의사를 구하거나 폐업이라는 절차를 거쳐야 한다. 요즘 시대에 누구나 평생직장 찾기란 어려운 일이므로 봉직 의사 역시 나와 맞지 않으면 언제든 떠날 수 있다는 게 장점이 된다.

한 달 중 단 하루라도 규칙적으로 즐거울 수 있는 날이 있다. 25일이 즐겁다. 월급날이 기다려진다. 그날엔 직장 동료, 직원들과 한마음 한뜻이 된다. 매년 연봉 협상에서 그들에게 파이팅을 외치며 힘을 실어줄 수 있는 건, 직원들의 월급이 내 통장에서 나가는 것이 아니기 때문일 것이다. 상여금이 나오면 함께 기쁘고, 수고의 의미로 병원에서 쏘는 피자 한 판에 즐겁다.

딴짓을 할 수 있다. 어쩌면 내가 이런 글을 쓰는 건 봉직 의사이기 때문일지도 모른다. 글을 쓸 시간, 마음의 여유는 정형화되어 있는 일상에서 나온다. 병원의 매출에 큰 영향을 받지 않으며, 직원들의 들고남에 큰 염려를 하지 않는다. 봉직 의사로서 내가 맡은 일을 한다. 환자를 보며 공부를 하고, 틈틈이 내가 하고 싶은 것을 할 수 있다.

봉직 의사. 언제든 떠날 수 있고, 밀려날 수 있다는 위기의식이 나를 성장시켰다. 어디서든 변하지 않는 건 나 자신뿐이다.

언제까지 봉직 의사로 지낼지, 언제쯤 병원을 개업할지 모르겠다. 일단 봉직 의사로 책을 내기 전까지는 지금의 신분을 유지해야 한다. 아마 봉직 의사로서의 글감의 소재가 떨어지면 개업을 준비해야 할 것이다.

봉직 의사의 영원한 숙제는 자신의 병원을 차리는 것이다. 개업이 반드시 성공만을 의미할 수 없지만, 한 번쯤은 도전하고 싶다. 그게 언제쯤이 될 수 있을는지 확실하지는 않다. 개업을 하고 싶다는 소망이 있다. 꿈꾼다. 나는 어떤 원장이 되고, 나의 병원은 어떤 형태가 될지, 어떤 병원을 차릴 수 있을지 말이다. 가장 큰 이유는 봉직 의사뿐 아니라, 개업 의사에 대한 글도 쓰고 싶기 때문이다.

내게 남은 건 의사 친구들뿐이네

내게는 25년 지기 친구들이 있다. 동네 보습 학원에서 만난 우리는 중학교 때부터 인연을 맺었다. 함께 어울려 다녔지만 목표는 각자 달랐다. 고등학교 졸업 이후 대학을 간 친구부터 곧바로 생활 전선에 뛰어들기도 한 다양한 스펙트럼을 가진 친구들이다. 그럼에도 친구였으므로 만나면 반가웠고 25년이 넘도록 꽤 오랫동안 그 명맥을 유지하고 있다. 나만 빼고.

처음부터 그랬던 것은 아니다. 미세한 기류가 흐르기 시작한 건 미래의 직업이 정해진 순간부터다. 대학생이 되고 나서 지리적 거리가 생겼음에도 그들과 어울리고자 노력했다. 오랫동안 학생 신분에서 벗어나지 못했지만 두 달에 한 번이면 만나게 되는 그 모임에 기를 쓰고 참석했다. 학창 시절의 추억과

성인이 된 이후의 이야기가 쌓여가며 모임의 주제는 풍성해졌다. 그 속에서 나는 다양한 말을 했다. 그저 내 생활이었다.

해부학기 때 포르말린 용액이 처리된 시신에 코를 박고 시신을 해부하고 그것으로 인해 얼굴이 상한 것, 6년 내내 몸과 마음을 무겁게 하는 시험으로 잠을 이룰 수 없었던 수많은 시간들, 결국엔 몸이 망가져 병을 얻게 된 것, 월세집에서 신혼을 시작한 것, 마땅한 일자리가 없어 무직으로 있을 수밖에 없었던 시간들. 85일간의 짧은 출산휴가를 쓰고 자발적으로 다시 출근했던 것까지 모든 상황은 달랐지만 나에게 돌아오는 말은 하나였다.

"그래도 너는 의사가 될 거잖아." 또는 "의사잖아."

내 이야기가 아닐 때에도 마찬가지였다. 육아용품에 관한 이야기를 할 때에도

"너는 의사니까."

어린 딸에 관한 이야기를 할 때에도 돌아올 말은 뻔할 것이다.

"네 딸은 의사 딸이니까."

말문이 막히는 마법의 힘을 지닌 그 문장 앞에서 나는 점차 말이 없는 사람이 되어갔다. 만나면 넘쳐나는 소란함 속에 입을 열 수 없었다. 잘 지내느냐는 말에 '그냥'이라며 말끝을 흐렸다. 그 어떤 말을 해도 돌아올 말은 정해져 있었다. 그들 사이에서 나는 부족한 것 하나 없는 사람이었다. 취업에 대한 고민, 미래에 대한 불안은 없으며 힘들지 않아야 했다. 실제로는 그렇지 않았으므로 모두 그런 척할 수밖에 없었다. 힘들지 않은 척, 아프지 않은 척, 괜찮은 척하며 귀와 눈은 열어둔 채 입은 닫으며 외톨이가 되었다. 구석진 자리 한 켠에서 고개만 주억거리며 집으로 돌아왔다.

모든 건 내가 의사이기 때문이다. 고독은 의사라는 직업의 품위 유지 비용이다.

의사가 아닌 순간, 아무것도 아닌 사람이 되면 나의 고독은 사라졌다. 나는 의사가 아무것도 아닌 곳에서는 수다쟁이가 된다. 모두가 의사인 곳이거나 '그래도 너는 의사'라는 말을 들을 필요 없는 친구들 사이에서다. 의사들 사이에서 나는 특별한 사람이 아니다. 그곳에서 나는 고민과 미래에 대해 말할 수 있다. 언제까지 병원에 출근할 수 있을지, 앞으로 더 쌓아야 할 스펙은 없을지, 아이는 어떻게 키워야 할지 등 직업과 가정을 가진 이들이라면 누구나 하는 이야기들이다. 25년 지기 친구들 앞에서는 함부로 꺼내지 못하는 이야기들이 이들

앞에서는 술술 나온다. 여기서는 괜찮은 척할 필요가 없다.

그렇게 내게 남은 건 의사 친구들뿐이다.

우리는 평생 서로를 이해할 수 없을 것이다. 서로의 삶을 살아볼 기회가 없으니 당연하다. 그럼에도 나는 그들이 그립다. 아무것도 아닌 시절, 서로를 응원하며 그 어떤 일상을 이야기해도 들어주었던 그때. 유년 시절 나에게 가장 많은 영향을 주었던 다정한 친구들과 다시 일상을 이야기하고 싶다.

새의 지저귐을 듣고 누구는 새가 운다고 하고 또 다른 이는 노래한다고 한다. 어쩌면 내가 떠들어 대던 모든 말들이 그들에게 듣기 싫은 울음소리로 들렸을지도 모른다. 잠시 친구들과 거리 두기를 하는 동안 나는 새의 노래를 배우고 있다. 나의 지저귐이 그저 울음소리로만 들리지 않길 바라며 내 이야기를 글로 풀어본다.

의사, 환자, 아니 그저 한 사람으로서 하는 내 이야기에 공감하는 이들이 늘어날수록 나는 그들 앞에서 입을 열 수 있는 용기가 생길 것이다. 아무도 공감할 수 없는 이야기만 늘어놓고 있다면, 당분간 입은 닫아야 할 것이다. 너무 오랜 시간이 걸리지 않게 되기를 바라며 쓰고 또 고쳐 써본다.

여의사의 하얀 가운

의사의 하얀 가운은 권위의 상징이다. 병원에만 오면 혈압이 높다고 불만인 환자들이 있다. 그것은 의사의 흰 가운 때문일 것이다. 의사가 입고 있는 하얀 가운만 보면 자신도 모르는 사이 긴장감이 발생하고 혈압이 높아지는 '백의고혈압white coat hypertension'은 전체 고혈압 환자의 20%를 차지할 정도로 흔하다.

어린 시절 의사 가운은 나에게 경외의 대상이자 꿈이었다. 하얀 가운을 입고 일할 날을 상상하며 밤을 지새워 공부할 수 있었다. 의대생이 되고 나서도 가운을 입는 데까지는 시간이 더 필요했다. 본과 3학년 때 병원에서의 임상 실습이 시작되고서야 꿈에 그리던 의사 가운을 입을 수 있었다. 병원의 녹을 먹는 사람이 아닌 학생 신분임에도 가운만 걸치면 병원에선 더 이상 이방인으로 취급받지 않았다. 완벽하게 병원의 일부가 될 수 있었다.

병원에서 본 것은 모두 흡수하고 싶었다. 기록하지 않으면 기억하지 못하기에 양쪽 주머니엔 수첩이, 왼쪽 가슴에 붙은 호주머니 속에 펜라이트, 삼색 볼펜, 형관펜 등 각종 문구용품이 가득이었다. 날개같이 가벼웠던 가운은 금새 무거워졌다.

병원에는 가운이 잘 어울리는 사람이 많았다. 처음 만난 호흡기 내과 수석 전공의. 그는 하얀 가운이 유난히 잘 어울렸던 사람이었다. 조막만 한 하얀 얼굴에 검은 뿔테 안경을 가득 채운 커다란 눈, 가운 소매 사이로 언뜻 보이는 고급 시계, 미목수려했던 그는 지성까지 겸비한 선배님이자 선생님이었다. 하얀 가운에 반했던 건지, 나 역시 내과에 입국해 그와 인연이 닿길 바랐다. 병실 회진을 돌 때면 그의 뒤를 밟고 눈을 반짝였다.

늘 뒤따르기만 하던 나였는데 그날은 어찌된 일인지 내가 그보다 앞서 걷게 되었다. 나의 뒷모습을 보고 있을 그를 생각하면 뒤통수가 뜨거워졌다. 그나마 앞태보다는 나을 뒷태에 안심이었다. 너무 방심했던 건지 수작 건 사람도 없었는데 나는 발걸음이 꼬여 제발에 걸려 넘어지고 말았다. 왼쪽 호주머니에 있던 온갖 펜들이 병실 바닥에 나뒹굴었다. 같이 실습을 돌았던 동기들, 병실의 환자들이 키득거렸다. 지켜보고 있는 건 그들뿐만이 아니었다. 하얀 가운의 그가 내 뒤에 서있었다.

순식간에 나의 가운은 가벼워졌지만, 마음은 무거워졌다. 허리를 굽혀 주섬주섬 펜을 수집하며 침대 밑에다 몸을 숨기고 싶었다. 쓰라린 기억 이후 나는 그를 피해다녔다. 1년 뒤 그는 같은 내과 의국 아랫년차와 결혼을 했다. 하얀 가운이 잘 어울리는 한쌍이었다.

학생 가운을 졸업하고 병원에서 제공하는 유니폼을 입는 의사가 되자 나는 알게 되었다. 나 역시 가운이 꽤나 잘 어울리는 사람 중 하나였다. 여배우에게 반사판이 있다면 여의사에겐 하얀 가운이 있다. 가운을 입었기에 남자 의사도 만날 수 있었다. 젊었던 것 외에 볼 것 없는 내게 관심을 보인 이들에게 이제서야 고백한다.

'그거 다 하얀 가운발 때문이었어.'

가운을 입는 자들 사이에서 패션 리더는 없다. 2007년 〈하얀 거탑〉이나 2020년 〈슬기로운 의사생활〉의 주인공도 매한가지다. 인턴과 전공의들은 언제나 시대에 뒤처지지 않았다. 물론 병원 안에서만 가능한 일이다. 무엇을 입었든 걸치기만 하면 베스트 닥터 룩이 되었던 건 하얀 가운 덕분이었다.

가운은 내가 감추고 싶은 전부를 품어주었다. 다들 나를 날씬이로만 기억하는 건 다름 아닌 나의 가운 덕분이다. 역 삼각

형 얼굴에 대비되는 체형을 가지고 있는 나였다. 말려 있는 좁은 어깨, 우람한 팔뚝, 후한 뱃살, 두꺼운 허벅지까지 가운은 모든 것을 감추어주었다. 전공의 시절, 병의 재발로 스테로이드를 복용할 때 그 덕을 톡톡히 봤다. 스테로이드 복용으로 인생 최고의 몸무게를 찍었다. 뚱뚱해졌음에도 보기 흉해진 뱃살은 가운이 가려주었다. 뾰족했던 얼굴만 살이 올라 볼이 통통해졌다. 스테로이드를 먹을 때마다 사람들은 보기 좋다고 했다. 여러 번의 재발로 몸과 마음이 가장 힘들 때였음에도, 남들 눈에는 그저 좋아 보일 수 있는 것이다.

가운은 나의 아이를 가려주기도 했다. 일부러 임신 사실을 숨긴 것은 아니나, 가운만 입으면 사람들은 내가 임산부임을 좀처럼 알아채지 못했다. 가운은 남산만 한 내 배를 가려줄 만큼 푸짐했다. 막달이 되어 단추를 잠그지 못하고 가운을 풀어헤치고 다닐 때에서야 눈치 빠른 몇몇이 알아보기 시작했다. 출산을 위해 잠시 병원을 비워야 한다는 이야기를 하기 전까지 전혀 몰랐다며 놀라는 환자도 여럿이었다. 나를 포함한 수많은 여자 의사들이 출산 직전까지 병원에서 일을 할 수 있었던 건 가운 덕분이었는지도 모른다. 변신! 파워 레인저! 임신으로 몸이 천근만근 힘들어도 가운만 걸치면 힘이 솟아났다. 집에서는 손 하나 까딱하지 않고 숨만 쉬는 만삭 임산부였음에도, 병원에서는 소리 꽥꽥 지르는 우악스러운 내과 의사로

변신할 수 있었다.

가운은 나와 나의 가족을 지켜 주기도 했다. 가운을 벗자마자 곧장 가정으로 돌아가야 하는 나에게 가운은 병원 내의 혈액, 분비물 등 감염원을 막아 주는 역할을 했다.

가운이 막아준 건 오염원뿐만이 아니었다. 일부 결례를 범하는 사람들, 가운을 입지 않았다면 내게 무례하게 굴었을 이들도 자세를 고쳐 최대한 순화된 말을 사용하곤 했다.

가운에는 방수 기능이 있다. 눈물이 많은 나는 가운만 입으면 눈물이 나오지 않았다. 가운은 내 눈물을 삼켰다. 환자와의 이별, 선배, 교수님으로부터의 질책 등 슬픔이 많은 병원에서는 울 만한 일들이 많았지만 가운을 입고 있으면 울 수가 없었다. 눈물샘에서 생성된 눈물은 눈동자에 맺히다 끝내 하얀 가운 안으로 스며들었다. 안과 밖이 뒤바뀐 가운의 방수 기능때문이었다. 그 성능으로 나는 모두가 기대하듯 차가운 의사로서 찔러도 눈물 한 방울 나오지 않는 단단한 모습을 가질 수 있었다.

남들 눈에 하얗게만 보이는 가운이 내게는 오색찬란함이다. 나의 희망, 사랑, 아픔, 기쁨과 슬픔을 품고 있다. 보잘 것 없는 나를 빛나게 해주고, 나를 품어주었다. 나에게 힘이 되어주고 생계를 도와주었다. 나의 자리를 지켜준 하얀 가운이 고맙다. 이제는 가운을 입지 않은 내 모습을 본 환자들이 나를 다른 사람으로 착각할 정도다.

요즘 나의 가운은 꾹꾹 눌러 담았던 펜과 수첩을 덜어내 가벼워졌다. 하나도 놓치고 싶지 않았던 배움은 그동안의 경험이 더해져 내 몸과 마음, 머리에 남아 있다. 이젠 비교적 단출해진 가운이 되었지만, 가운의 무게는 처음 가운을 입었을 때보다 훨씬 무거워졌다. 삶의 고단함을 느낄 때마다 내가 의사 가운을 입고 있었기 때문이었다는 것을 알아차렸다.

나에게 많은 걸 주었던 하얀 가운은 그만큼의 책임감을 요구한다. 실수를 용납하지 않는 세계, 내가 책임져야 할 환자들, 내게 기대하는 전문성과 정확함까지 모든 걸 품었던 것만큼 당당히 많은 걸 요구하는 하얀 가운이다. 하얀 가운에 진 빚을 갚기 위해 나는 나의 건강과 젊음을 희생해야 했다. 마땅히 해야 할 나의 일, 가운이 주는 고마움을 누리기 위해 나는 무거운 가운의 무게를 버텨야 한다. 가운을 벗기 전까지 계속될 일이다. 어디 의사의 하얀 가운뿐이겠는가. 직업을 가진 모든 이들이 짊어진 무게일 것이다.

나의 명품 가방

명품 가방은 성공과 여유의 상징이다. 사람들은 다양한 이유로 명품 가방을 구매한다. 누군가는 디자인이 예뻐서, 상품의 질이 좋아서, 브랜드의 가치가 마음에 들어서, 자신에 대한 보상 심리로, 타인에게 보여주기 위한 과시의 욕구로 가방을 구매한다. 명품 가방이 투자의 대상인 사람도 있다.

샤넬CHANEL을 '채널'로밖에 읽지 못했던 내 눈에 명품 가방이 들어오기 시작한 것은 친구들이 그것을 들고 다니면서부터였다. 나보다 먼저 사회생활을 시작한 친구들이 하나둘씩 명품 가방을 들고 다니기 시작했다. 큰마음 먹고 하나 사면 휘뚜루마뚜루 잘 들고 다닌다며 벌써 그 값어치를 충분히 다하고도 남았다고 했다. 의과 대학 6년 동안 학생이었던 나는 그럴 여유가 없었다. 내게 유일한 수입원이었던 과외비는 생활비를 대기에도 빠듯했다.

인턴이 되어 돈을 벌기 시작한 지 두 해째였다. 직장인이라면 하나쯤 가져야 한다는 명품 가방을 나도 가지고 싶었다. 명품 가방을 가졌다는 것은 그것을 지불할 능력과 사러갈 여유가 있음을 뜻했다. 그러므로 나에게 명품 가방은 성공과 여유를 말하는 것이었다.

명품 가방, 그것을 산다는 것은 용기가 필요한 일이기도 했다. 백화점 가판대나 난전에서 물건을 건지던 엄마, 그런 엄마 밑에서 자란 나에게 명품 가방은 사러 들어가는 일조차 쉽지가 않았다.

'지르자. 질러야 해. 언제까지 미룰 수 없어.'

전공의 1년 차를 앞둔 12월이었다. 3월에는 바깥세상을 나올 일도, 여유롭게 백화점을 들락거릴 수도 없을 것이다.

명품 가방을 파는 백화점으로 향했다. 내가 가진 옷 중에서 가장 돋보이는 코트를 걸치고 보통은 한다는 검은색 구두를 신었다. 명품은 아니지만, 세련된 가방 하나를 들었다. 친구들이 많이 들고 다녔던 그 명품 가방 매장 앞에 섰다. 매장 한 바퀴를 돌고 나서 나는 무엇을 사야 할지 느낌이 왔다. 소개받았던 가방 중 가장 저렴한 것이다. 고민할 것도 없이 카드를 내밀었다. 함께 고민해 줄 사람도, 다시 백화점에 나올 여유도 없을 것이다. 그것이 나의 첫 명품 가방이었다.

가끔씩 친구들을 만날 때마다 그들에게 나의 명품 가방이 나의 성공과 여유를 짐작케 해주기를 바랐다. 가방은 한 가지만 필요한 것이 아니었다. 결혼식 하객용 가방, 동창 모임용 가방, 기저귀 가방, 마실용 가방 등 여러 이유가 명품 가방을 사고 싶은 용기에 힘을 실어주었다.

잘 나가는 친구들과의 모임을 앞두고 용기는 절정을 이뤘다. 자꾸만 가방이 사고 싶어졌다. 자기 병원을 가지게 된 그녀는 만날 때마다 최고급 가방을 들고 나타났다. 가죽 장인이 한 땀 한 땀 정성 들여 만들어서 전 세계적으로 물건이 몇 개 없어 돈이 많아도 구입하기 어렵다는 그 가방이었다. 그 가방 하나로 그녀의 성공과 여유를 짐작할 수 있었다. 돈 주고도 살 수 없다는 그것을 얻으려면 평일에 시간을 내는 여유가 있어야 하며, 대기표를 받아야 한다. 원하는 가방 이외의 물건을 사거나 웃돈을 얹어야 한다. 물건 판매자인 셀러와 친분도 쌓아야 한다. 모두 내게 없는 여유였다.

여유란 넉넉하여 남음이 있는 상태를 말한다. 물질적 여유뿐 아니라 시간적·정신적 여유를 포함하기도 한다.

그녀는 내가 아는 의사들 중 가장 다망한 사람이다. 매일 수십 명의 환자와 씨름하며, 업무 환경을 핑계 삼아 퇴사를 밥 먹듯이 하는 직원들로 늘 근심 걱정이 가득했다. 지난달에는 급성 신우신염으로 응급실에 다녀왔다. 주말에 항생제 주사를 맞고, 쉼 없이 다시 출근해 환자를 보았다고 했다. 그녀의 명품 가방에서 그녀의 성공을 떠올렸지만, 다른 여유는 찾을 수 없었다.

내 손으로 구입했던 나의 명품 가방도 마찬가지였다. 그동안 나는 그것을 구입하기 위해 삶의 여유를 포기해야 했다. 명품 가방을 사기 위해 지불해야 하는 건 돈뿐만이 아니다. 돈은 여유로운 삶의 포기를 요구한다. 많은 시간을 병원에서 보내고, 여유로운 삶을 포기하고 얻었던 '명품 가방이 과연 진정한 여유의 징표인가'라는 의문이 들었다.

여유는 느긋하고 차분하게 생각하거나 행동하는 마음의 상태를 의미하기도 한다. 나는 현재 누리고 있는 나만의 여유를 계속 영유하고 싶었다. 아이와 함께 무료하게 보내는 시간, 책을 읽고, 글을 쓰며 나를 생각하는 시간, TV를 보며 하는 뜨개질…. 내가 생각하는 진정한 여유들이었다.

그렇다고 해서 명품을 쉽게 포기할 수 없었다. 명품이란 무엇인가. 베르너에 의하면 명품은 세련된 재화를 말한다. 세련화란 물건을 만들어 낼 때 살아 있는 인간의 노동을 더 많이 소모하는 것이다. 더 많은 노동을 재료에 침투시키고 재료를 흡수하는 것을 의미한다. 스위스 시계와 같은 명품의 대부분이 수공업 제품이라는 사실에서 확인할 수 있다.*

그의 말에 따라 나는 내 노동력을 재료에 투입해 보기로 했다. 직접 가방을 만들어 보기로 한 것이다. 세상에 몇 개 없어 가치가 올라가는 게 명품이라면, 내가 직접 만드는 것 역시 그럴 가치가 있을 것이다.

가방을 뜨기 시작했다. 정조를 지키기 위해 열녀가 바늘로 허벅지를 찌르며 욕구를 참았던 것처럼 코바늘로 실을 찌르며 명품 구매욕을 눌렀다. 구하기 힘들다는 명품 가방을 얻고자 오픈런 하는 대신, 원하는 모양의 가방을 디자인하고, 실을 골랐다. 한 땀 한 땀 노동력과 정성을 쏟았다.

정성을 들였음에도 만족할 만한 결과물은 쉽게 나오지 않았다. 뜨개를 하는 데 시간이 오래 걸릴수록, 변변찮은 완성품이 나올수록 '그냥 가방 사버릴까' 하는 생각도 여러 번이었다. 도저히 들고 다닐 수가 없는 수준이었다. 하지만 메워야 하는 건 뜨개 가방뿐만이 아니었다. 한참을 더 메꾸어야 하는 마이너스 통장도 한몫 거들었다.

하루 일당을 생각한다면, 뜨개질하는 시간에 병원 아르바이트를 구하는 게 더 나을 것이다. 하지만 아이와 함께 보내는

• • •

* 최항섭(2003), 「명품에 대한 사회학적 해석」, 『한국사회과학』 제25권 제1-2호, 229쪽 재인용.

시간을 포기하고 명품 가방을 구입하기 위해 그럴 수는 없는 노릇이었다.

여러 고민들 속에서도 뜨개질은 멈추지 않았다. 나의 뜨개 실력은 일취월장했다. 어느 순간부터 들고 다닐만한 결과물이 나오기 시작했다. 사람 고치는 의사가 한 땀 한 땀 정성 들여 뜨는 명품 뜨개 가방이 탄생했다.

여러모로 나의 가방은 여느 명품 가방의 특징을 가지고 있다. 돈이 많아도 구할 수 없다. 돈 벌고자 만드는 가방이 아니므로 아무리 내게 돈을 쥐어줘도 소용없다. 내 마음이 동하지 않으면 만들어내지 않는다. 고객이 원하는 대로 맞춤 제작이 가능하다. 나의 첫 고객이자 단골인 친정엄마의 요구 사항은 다양했다. 손가방, 크로스백, 가벼운 여름 가방 같이 상상한 가방이 현실이 되는 곳은 나의 손 위에서다.

가방은 사용하다 보면 으레 망가지는 것이 당연하다. 나의 가방은 코바늘만 있으면 언제나 수선이 가능하다. 고객에게 가방을 선물할 때 나는 수선이 필요하면 언제든 연락을 달라고 한다. 원한다면 주말 공휴일 24시간 출장 서비스까지 제공할 수 있다.

명품은 믿음이다. 나의 가방엔 거짓이 없다. 원재료인 실을 사다 직접 뜨는 가방이므로 원재료를 속일 수 없다. 명품보다 나은 점도 있다. 세탁이 가능하다. 더러움이 묻어도 세탁기에 한번 돌리면 새것처럼 소생하곤 한다.

비가 오면 가방을 품에 안고 뛰는 것이 아니라 머리에 쓰면 된다. 가방을 가지고 장난을 치는 아이에게도 너그러워진다. 상대가 내 가방을 가지고 무엇을 하든 여유를 보일 수 있다. “사람 참 소탈하고 인자하다”는 소리를 듣고 싶다면, 비싼 명품 가방을 모시는 대신 뜨개 가방을 들고 다닐 것을 추천한다.

가방이 지겨워졌다면, 새로 장만하지 않고 실을 푸르면 된다. 세월을 낚으며 떴던 가방이지만 실을 푸는 데는 순식간이다. 원재료 불변의 법칙으로 지겨워진 가방은 한번 풀고 스팀을 쏘이면 원래 통통했던 실로 돌아간다. 처음부터 다시 뜨면 전에 없던 새로운 가방으로 환생한다.

이쯤 되면 세상에서 유일무이한 내 가방에 프리미엄 좀 붙여도 되겠다. 돈 받고 팔지 않을 것이므로 내 가방의 가치는 더 올라갈 것이다.

내가 뜬 가방을 보고 소탈하다고 말할지 모르겠다. 고백하건대 나의 뜨개 가방은 내게 물욕의 상징이다. 명품 가방을 가지고 싶었던 만큼 뜨개 가방을 만들었기 때문이다. 그나마 보석에 관심이 없어 다행이다. 보석을 얻기 위해 광산에 들어가지 않게 되었으니 말이다.

“이 가방 어때? 내가 뜬 거야.”

예전엔 "그저 잘 만들었네"라고 말하던 그녀들이 관심을 보이기 시작했다. 만드는 데 걸리는 방법과 시간을 물어보는 사람이 하나둘씩 생겼다. 시간 많아 좋겠다는 말을 하기도 한다.

명품 가방은 여유와 성공을 드러내는 것이 맞다. 모두가 성공했다고 말하는 이들 속에 뜨개를 할 여유를 지닌 것은 나뿐이었으므로 성공과 여유를 나타내는 나의 가방은 명품임이 분명하다.

어쩌다 보니, 미라클 모닝

오늘도 새벽 5시 기상. 아 피곤해 죽겠다. 새벽에 일어나면 성공한다는 수많은 이야기들이 있다. 그들과 같은 이야기를 하려는 것이 아니다. 나의 새벽 기상은 내가 원하는 기상 형태가 결코 아니다. 일단 나는 잠이 많은 사람이다. 기상 시간은 늘 마지노선이었다. 적어도 그 시간에는 반드시 일어나야 했다. 겨우 눈곱만 떼고 출발해야 지각을 면할 정도로 기상 시간은 늘 아슬아슬했다. 학생 때 시험 기간에는 머리의 한계를 극복하기 위해 어쩔 수 없이 밤을 지새우곤 했지만 그건 언제까지나 시험 기간에만 일어나는 예외적인 일이었다.

아무것도 해야 할 의무가 없던 의과 대학 방학을 떠올려 보면 확실하다. 밤 늦게까지 중국드라마 〈판관 포청천〉을 몰아

보고 해가 떠 하늘이 말개질 때까지 퍼질러 잠들어있었다. 저녁까지 그 자리 그대로 드라마를 보고 있던 나를 보고 남동생은 "누나 어디 허리 나간 거 아니냐"며 진심으로 걱정해주곤 했다.

나의 새벽 기상은 내 의지와 상관없이 발생한 것이다. 10년 전 오늘도 역시 나는 새벽 5시에 깨어있었다. 환자를 위해서였다. 전공의 시절, 당직 의사의 밤 시간은 새벽까지 이어지기 일쑤였다. 그 시절 새벽은 하루 중 가장 긴장감 넘치는 시간이었다. 밤만 되면 환자들에게 문제가 생겼다.

교수님들과의 아침 회진을 앞두고 병동 주치의로서 지난밤 나의 환자들에게 어떤 일이 있었는지 정찰했다. 가령 밤새 열이 몇 번이나 났는지, 열이 난 내 환자에게 어떤 조치가 취해졌는지 확인한다. 어제 시행했던 검사 결과를 되짚고 아침의 혈액검사를 눈에 바른다. 중요한 결과들은 환자 차트에 적어둔다.

이 새벽에 가장 똥줄이 탔던 것은 3, 4년 차 선배들의 전화였다. 그들의 전화는 당직의사였던 나의 행위를 추궁하기 위함이었다. 새벽 5시, 전화가 울렸다. "왜 그랬어?" 지난밤 내가 무슨 잘못을 저질렀는지 더듬어보며 그들의 샤우팅을 감당했다.

4년 차 치프 전공의가 되자 당직 서는 날이 줄어들었지만 책임감은 더해졌다. 환자가 좋지 않을 때는 밤새 환자의 전화를 받으며 새벽을 맞이했다. 새벽의 끝엔 밤새 내 환자를 돌봤지만 적절한 조치를 취하지 않았던 당직의사를 다그쳤다. 새벽 5시, 전화를 건다. "왜 그랬어?" 1년 차 당직의사로서 내가 받았던 전화를 나도 하고 다녔다. 새벽부터 이어진 나의 하루 시작은 아침 7시경 교수님들과의 회진으로 마무리되었다.

엄마가 된 이후로 새벽은 아기를 위한 시간이 되었다. 새벽 5시, 아기는 새벽이면 잠에서 깨어 울어젖혔다. 전공의 때 회진 준비를 하던 그 시간이다. 불도 켜지 않은 채 분유를 타서 먹이거나 밤새 축축해진 기저귀를 갈아주었다. 그 새벽을 지나 날이 밝아오면 엄마의 삶이 마무리되고 의사로서의 삶이 준비되기 시작했다.

어느 날 새벽 5시, 아기는 울지 않았다. 그럼에도 저절로 눈이 떠졌다. 나의 모든 감각은 새벽 5시에 맞춰져 있었기 때문이다.

'왜 깨서 나를 찾지 않는 거지?'

잠에서 깨어 아기의 코에 손을 대었다. 다행히 숨을 쉬고 있었다. 가슴을 쓸어내렸다. 엄마의 생체리듬은 새벽 기상으로 고정되었는데 아기만 커버린 것이다.

아기가 잠들어있는 안방 문을 살며시 닫았다. 거실로 나왔다. 아기가 깨어 나를 찾으면 꼼짝없이 내 시간은 사라진다. 언제 뺏길지 모르는 이 시간에 나는 그동안 시간이 없다는 핑계로 하지 못했던 것을 하고 싶었다. 운동이었다. 날씬한 몸보다는 건강한 삶을 살고 싶었다. 1분 대기조 엄마의 삶이기에 집 밖으로 나갈 수는 없었다. 작은방에 깔린 놀이 매트 위에서 홈트레이닝이 시작되었다. 아기가 잠에서 깨어 나를 찾을 때까지 매일매일이었다. 날이 밝아져 집안의 누군가가 깨어나기 전까지 운동은 계속되었다. 가끔씩 아기는 잠에서 깨어 나를 찾기도 했다. 마침 운동이 힘들어지려 할 때였다. 아이 옆에 누워 숨을 고르면서 꿀맛 같은 휴식을 맛보았다.

'엄마를 찾아주어 고맙구나. 아가야.'

10여 년 전부터 시작된 새벽 5시 기상. 그 시작은 나를 위한 일이 아니었다. 환자를 위한 마음 불편한 시간이었고, 엄마가 된 이후에는 아기를 돌보는 시간이었다. 내게 시간이 많았다면 결코 선택하지 않을 시간이었다. 출근하기 전 새벽잠이 얼마나 달콤하고 찐한데 그걸 포기할 리가 없다. 하지만 내게 시간은 충분하지 않았다. 시간이 없으니 아껴 쓸 수밖에 없다.

오늘도 새벽 5시에 기상이다. 더 이상 나를 찾는 환자도, 아기도 없다. 모두가 잠든 이 시간에 아무도 나를 찾지 않는다. 이제 새벽 5시는 타인을 위해서가 아닌, 오로지 나만을 위한 시간이 되었다. 하루 24시간 중 이때만큼은 엄마, 아내, 의사로서의 삶은 없다. 오직 나를 위한 시간이다.

작정하고 시작한 새벽 기상이 3년째 이어지고 있다. 운동만 하던 시간에 이제는 책을 읽고 글을 쓰는 것이 추가되었다. 두 시간씩 운동하다가 너무 힘들어서 찾아본 곁눈질이었다. 매트 위에서 푸닥거리하며 땀 흘리는 운동보다 의자에 엉덩이 붙이고 책장을 넘기는 것이 더 쉬웠다. 독서를 하다 보니 글이 쓰고 싶어졌다. 독서, 글쓰기는 내 인생을 바꿔놓았다. 1년 전부터는 유튜브 영상 제작도 추가되었다.

새벽 5시는 비효율적인 삶을 살아왔던 내 삶이 효율적으로 돌아갈 기회를 제공해주었다. 하루 종일 해도 끝나지 않을 일들이 새벽에는 금새 마무리되는 기적을 가져다주었다. 물만 먹고도 카페인을 먹은 것처럼, 손가락에 모터를 장착한 것처럼 높아진 효율로 괜찮은 결과물을 얻을 수 있었다. 지난 몇 달간 붙잡아 놓았던 지루한 이 글을 이렇게나마 끝맺을 수 있었던 건 오늘의 새벽이 있었기 때문이다.

내가 하고 싶었던 것, 해야 할 일들을 이 시간에 모두 해결한다. 이 시간을 제외한 나머지 시간은 타인을 위해 사용해도 상관없게 되었다. 환자를 위해, 아이를 위해 기쁜 마음으로 남은 시간을 보낸다.

매일 새벽을 기다린다. 저녁 9시면 침대에 누워 잠을 청한다. 아이를 재운다는 명목이지만, 사실은 나를 위한 이른 취침이다. 잠의 절대적인 양은 포기할 수 없으므로 새벽을 얻은 대신 불타는 밤은 버렸다.

내일의 새벽은 내게 꿈이다. 새벽, 꿈꾸는 시간이 빨리 왔으면 좋겠다. 내일이면 알람 없이 5시 기상이 시작될 것이다. 모두가 잠들어있는 이 새벽에 나는 일어나 꿈을 꾼다. 내 세상을 꿈꾸기 위한 본능적인 기상이다.

꿈이 밥벌이와 하나가 된 순간

돈 벌려고 의사한 거지?

내가 한 그 모든 행위가 타인에게 도움을 주는 일이라니…. 그런 사람이 되고 싶었다. 그렇게 살 수만 있다면 더 이상 바랄 것이 없었다.

꿈은 이루어졌다. 꿈이었던 의사라는 직업은 이제 더 이상 내게 꿈이 아니다. 나의 꿈이 이제는 밥벌이가 되었다. 꿈이 밥벌이와 하나가 된 순간, 의사라는 직업은 나에게 생계 그 이상의 의미를 가지고 있지 않았다.

많은 사람들이 내게 묻는다. 돈 많이 벌려고 의사한 것 아니냐고. 애초에 돈 때문에 이 직업을 선택한 것은 아니었지만, 아니라고도 말할 수 없다. 돈 벌려고 의사한 것은 아니지만, 꿈을 이룬 지금은 돈 때문에 그만두지 못한다.

꿈을 더듬어 생각해 보았다. 그렇게 그리던 타인에게 도움이 되는 삶은 어디로 갔는지…. 오로지 타인을 위한 일이라면, 그것은 봉사일 것이다. 의과대학에 들어와서 가장 하고 싶었던 것은 남자 친구 만들기도 아닌 봉사였다.

의과 대학에 입학해서 봉사 동아리부터 찾았다. 봉사라는 이름을 내건 동아리는 '로타리 클럽'이 유일했다. 그 동아리에 들어가겠다고 하자 선배들은 그 동아리는 '로타리 클럽'이 아닌 '술타리 클럽'이라고 했다. 봉사하러 가는 날이면 술을 많이 먹어야 한다고 단단히 각오하라는 눈치였다. 선배들과의 술 대결을 이길 정도로 호기로운 신입생은 아니었다. 동아리 입학을 포기했다. 때맞춰 버거운 학업들이 이어지자 자연스럽게 봉사는 요원한 일이 되었다. 의도치 않게 그렇게 원하던 봉사보다 남자 친구가 먼저 만들어졌다. 어쩌면 진심으로 원했던 것인지도 모른다.

그럼에도 봉사 활동을 포기하지 않았다. 여유가 있는 방학 중에 봉사를 계획했다. 의대생, 한의대생, 간호대생으로 구성된 봉사 활동에 참가할 기회가 있었다. 의료 취약지로 갔던 그곳에서 간호대생은 혈압과 당뇨를 체크하고 한의대생은 뜸을 뜨고 침을 놨다. 의대생인 나는 밥을 날랐다.

우리들 사이에서 한의대생은 가장 인기가 좋았다. 그들을 만나려고 어르신들은 오랜 시간 기다리기를 마다하지 않았다. 고맙다는 말을 연신 해댔다. 학생 신분인데도 할 줄 아는 게 많은 한의대생이 부러웠다. 나는 배운 것은 있어도 할 줄 아는 것도, 할 수 있는 것도 없었다. 나도 의사면허증만 받으면 봉사하러 다니겠다고 생각했다

드디어 의사가 되었지만 봉사는 쉽지 않았다. 인턴이라는 이름으로 수련 병원에 봉사하느라 다른 곳에 봉사할 여유가 없었다. 인턴을 마치고 1년간 쉬게 되었다. 내게도 봉사할 기회가 생겼다. 여유 있는 생활 속에 1년 동안 봉사에 열심이었다.

주중엔 검진 의사로 생계를 이어가며 주말마다 청량리 쪽방촌을 다니며 독거노인의 집을 방문했다. 자원한 택시기사 한 분과 한 팀이 되어 쪽방촌 골목을 누비고 다녔다. 쪽방 방문 진료이라는 이름의 봉사 활동. 그곳에서 의사의 권한은 딱 쪽방의 크기만큼이었다. 의사 가운을 입은 내가 한 일은 어르신들의 주름 가득한 손을 잡아 드리고, 쌓아두고 먹지 않는 약, 중복된 약을 정리하는 것뿐이었다. 하지만 주말마다 방문해도 약들은 쌓이고 또 쌓였다.

지방으로 의료 봉사를 가기도 했다. 환자를 진찰하고 간단한 약들을 처방했다. 콧물, 기침을 대비해 비상으로 약을 원하는 경우가 대부분이었다. 아니면 의료 봉사자들이 나눠주는 전리품이 목적이었다. 사실 그들에겐 이미 믿고 신뢰할 만한 각자의 주치의가 있었다. 그곳은 시내로 나가는 교통이 불편하지만 의료 접근성이 떨어지지 않았다. 의료 봉사가 간절히 필요한 경우

는 아니었다.

해외로 눈을 돌렸다. 인도로 의료 봉사를 갔다. 비행기로 하루 꼬박 걸려 달려간 그곳에서 의사 가운을 입고 그들을 만났다. 병원 한번 가보지 않은 이들이 수두룩했다. 처음 발견된 높은 혈압으로 혈압약을 처방한 경우도 있었다. 평생 혈압약을 먹어야 하는 그에게 가지고 있는 약을 전부 다 내어 주고 싶었지만 남겨진 봉사 일정을 고려해 최대 한 달치밖에 줄 수가 없었다. 그곳은 의료 환경이 열악한 곳이었지만 계속될 수 없는 진료실이었다.

1년간 봉사하며 삶은 충만해졌지만 동시에 공허함도 들었다. 건강이란 한순간에 결정되는 일이 아니다. 그들에게 단 하루, 며칠의 진료가 얼마나 도움이 될지 의문이었다. 봉사라는 이름으로 처방한 알약이 그저 나를 위한 뿌듯함일지도 모른다는 생각이 들었다. 그럼에도 봉사는 의사라는 직업을 돈 때문에 택한 것은 아니라는 점에서 내 본래의 꿈을 잃지 않는 일이었다.

여전히 봉사를 가슴에 품고 다니지만, 현재 내 삶은 타인을 위해 봉사할 여유가 없다. 일주일 중 하루 쉬는 일요일엔 아이를 위해 봉사하기에 급급하다. 하루가 다르게 연로해가시는 부모님들과도 시간을 보내야 한다.

현실에 묶여 당장은 봉사 현장에 뛰어가지 못하지만 나는 지금 내가 할 수 있는 선에서 타인을 위한 삶을 이어가고 있다. 우리는 의학 정보가 넘치는 곳에 살고 있지만 여전히 잘 몰라서 병을 키우는 사람들도 많다. 완전히 망가질 때까지 몰라서 오는 그들은 애초에 의사를 찾지 않는다. 이들의 건강에 내가 어떤 기여를 할 수 있을지, 그동안 배운 지식을 어떻게 잘 전달할지 고민한다. 의료 취약지에서만 의사가 필요한 것은 아니었다.

누군가를 위해 자료를 찾고 이해하기 쉬운 말을 고르고 적절한 그림을 첨부한다. 건강한 삶에 대해 지속 가능한 조언을 하는 사람이 되길 원한다. 블로그 〈내과 의사의 건강한 잔소리〉와 유튜브는 그런 마음에서 비롯된 것이다. 그곳에서 공감 표시와 의사를 만나러 가야겠다는 댓글을 받을 때, 봉사 활동에서 알약을 처방했을 때 받았던 뿌듯함을 느낀다. 건강에 대한 글을 발행하며 나는 나의 오랜 꿈을 실현한다. 누군가의 인생에 도움이 되는 삶, 남을 위하여 힘을 바쳐 애쓰는 것. 그 꿈 말이다.

3장

의사지만,
엄마는 처음이라

몸이 차가운 사람은 임신이 되지 않는다

"몸이 차가워 보여."

어른들은 내 몸이 차가워 보인다고 했다. 내 손 한번 잡아보지도 않고 느낌만으로 내 몸이 차가운 줄 알아챘다. 실제로도 나의 손과 발이 차가웠기에 부정하지 않았다. 처음에는 그것이 그 이상의 어떤 의미를 갖는지 알지 못했다.

전공의 수련기간에 결혼을 했다. 나보다 앞서 결혼을 했던 여자 선배들은 수련기간 동안에 임신과 출산을 하는 게 유리하다고 했다. 정부에서 제공하는 법적 굴레에 맞춰 출산휴가를 꽉 채워 쓸 수 있다. 그 기간 동안 백업해줄 동료와 선후배 의사가 있으니 선배 말대로 이보다 출산하기 좋은 조건은 없었다.

겉으로는 "어휴, 이렇게 힘든데 어떻게 임신을 해요"라고 말하면서도 속으로는 간절히 원했다. 힘든 수련기간 중에 출산휴가 3개월을 쓸 수 있다니, 나에게는 '출산휴가'에서 출산이라는 단어보다 휴가라는 단어가 더 와 닿았다. 출산은 한 번도 해본 적 없었지만 휴가는 일 년에 두어 번 정도는 갈 수 있었다. 휴가, 그 느낌 아니까. 휴가라는 말의 달콤함을 느낄 행운이 나에게도 오길 바랐다.

결혼만 하면 바로 임신이 되는 줄 알았다. 출산휴가를 쓰면 나 대신 고생할 동기들을 상상하며 미안한 마음도 들었다. 하지만 그건 괜한 기우였다. 4년의 긴 수련기간이 끝나도록 출산휴가는 단 한 번도 받지 못했다. 남들에게는 그저 "임신은 수련기간 끝나고요"라는 뻔한 핑계를 대었다. 그들에게 나는 수련을 위해 임신을 잠시 미룬 사람이었지만 사실은 불임이었다.

결혼하고 4년 동안 단 한 번도, 실수로라도 임신을 해본 적이 없었다.

'1년간 어떠한 장애 없이 정상적인 부부 관계를 하였음에도 임신이 되지 않을 때 우리는 이를 불임이라고 한다.'

학생 때 달달 외우고 다녔으면서도, 문제가 있다고 인정하기까지 시간이 꽤 걸렸다. 임신이 되지 않은 거면서 임신을 미루고 있는 거라고 말했다. 스스로도 지금은 바빠서 임신이 되지 않는 것으로 생각했다. 내 가임력에 문제가 있을 거라고는 의심하지 않았다.

그해 가을엔 유난히 더 자주 "몸이 차가워 보인다"는 말을 들었다. 겨울도 오기 전이었다. 다들 몸을 따뜻하게 하는 약을 먹어야 한다고 했다. 임신 출산 육아를 잘해내는 친척 아무개를 비교하며 은근한 압박이 느껴졌다.

"몸이 차가워 보인다, 몸이 약해 보인다"고 말했던 건 '몸이 차가운 사람은 임신이 잘 되지 않는다'라는 말의 암시였다. 산부인과 교과서 어디에도 불임인 여성이 손발이 차갑다는 얘기는 없었다. 손발의 차가움과 불임의 연관성에 대해 믿지는 않았지만 세상에는 내가 이해하지 못하는 일들이 많다. 내가 손발이 차가움에도 불구하고 임신을 한 번이라도 해봤다면 가당치 않은 소리였을 것이다. 내 손발이 차갑고 한 번도 임신을 하지 못한 건 사실이었다. 세상에 그럴 수 없는 일이란 없다. 나도 나를 의심하기 시작했다. 임신이 되지 않는 건 온전히 몸이 차가운 내 탓인 것만 같았다.

11월. 내과 전문의 시험을 한 달가량 앞둔 시점이었다. 본격적으로 전문의 시험공부를 시작하며 병동 업무에서 벗어날 수 있었다. 시간이 생겼다. 전문의 자격증을 따면, 조금의 여유가 생길 테니 인생에 남겨진 큰 숙제를 시작해야 했다. 근무하던 병원의 산부인과에서 몇 가지 검사를 진행했다. 초음파

검사를 하다 무언가 발견이 되었다. 자궁내막증이었다. 자궁내막증은 불임의 원인이 되기도 한다.

내 몸이 차가워서, 나 때문에 우리 부부가 임신이 되지 않는다는 어른들의 추측이 옳았다. 임신이 되지 않는 건 나 때문이었다. 수술이 필요한 상황이었고, 당장에 수술이 하고 싶었다. 하루라도 빨리 불임의 원인 제공자라는 굴레를 벗어버리고자 했다.

추운 겨울, 전공의 시험이 끝나자마자 수술을 받았다. 차가운 수술실에서 불임의 원인이었던 자궁내막증과 이별했다. 한겨울에 손과 발이 차가워도 임신이 될 수 있는 엄마가 되기를 바랐다.

결혼만 하면 곧 임신이 되는 것처럼, 불임의 원인이었던 자궁내막증 수술만 하면 곧바로 임신이 될 줄 알았다. 하지만 여전히 소식은 없었다. 그렇게 또 1년의 세월은 무심하게도 흘러갔다. 다시 또 손발 차가운 계절인 겨울이 돌아왔다.

"아무래도 나한테 문제가 있는 것 같아."

남편이었다. 내가 수술을 받고도 임신이 되지 않자, 나 몰래 비뇨기과를 다닌 지 한 달째라고 했다. 남편에게 불임의 원인이 발견되었다. 남편에게 문제가 있다는 고백에 나도 모르게 “다행이다”라는 말이 입 밖으로 튀어나왔다. 모든 건 내 탓이라고 생각하고 있었는데 동지가 생겼다는 소식이 반가웠다. 그 동지가 다름 아닌 남편이라니…. 더 이상 내 손발의 차가움과 불임과의 관계에 대해 고민하지 않아도 된다. 한겨울에도 “춥다”라는 말을 당당하게 할 수 있게 되었다.

남편의 소식을 알게 된 이후 나에게 몸이 차가워 보인다고 말하는 사람은 없었다. 한겨울이었는데도 그런 소리를 듣지 않은 건 실로 오랜만이었다. 겨울이 끝나갈 무렵이었다. 남편은 여전히 차가운 내 손을 잡고, 나는 따뜻한 남편의 체온을 전해 받으며 우리는 불임 클리닉에 문을 두드렸다.

정상적인 부부의 경우 90%는 피임을 하지 않으면 1년 이내에 아기가 생긴다. 1년간 피임 없이 정상적인 관계를 지속했음에도 임신이 되지 않으면 이를 불임sterility이라고 한다. 요즘에는 임신이 안된다는 불임이라는 용어보다 임신이 어려운 상태를 뜻하는 난임subfertile이라는 단어를 더 선호한다. 난임 시술의 발달로 불임이었던 경우도 결국에는 임신이 되기 때문이다.

난임의 원인은 다양하다. 난임의 알려진 원인으로 남성이 원인인 경우가 25~40%, 여성은 40~55%다. 여자 쪽이 원인이 경우가 조금 더 많긴 하지만 남성에서도 만만치 않다. 우리 부부처럼 남성과 여성 둘 다 문제인 경우는 전체 불임의 10%나 된다. 나머지 10%는 원인을 설명할 수 없는 경우다.

난자와 정자가 만나 수정이 이뤄져야 임신이 되듯 난임이 의심될 때 어느 한쪽의 문제만으로 몰아서는 안된다. 난자와 정자는 동시에 의심받아야 한다. 난임의 원인이 남편 또는 아내에게 있다고 할지라도 그건 혼자만의 문제가 아니다. 부부가 된 인연으로 그 모든 건 부부의 문제인 것이다. 부부에게 주어진 문제를 부부가 함께 풀어야 하는 것은 자명한 일이다.

내려놓으셔야 합니다

한 번도 내려놓았던 적 없던 삶에서 내려놓음을 찾다

"힘 좀 빼세요."

배영이 그토록 어려웠다. 배영은 수영 초급자부터 허용되는 영법이지만, 배영만큼은 만년 초급이었다. 배영을 할 때면 수영 강사는 나에게 힘 좀 빼라고 했다. 애쓰는 것, 몸에 힘주는 것은 잘할 자신 있어도 힘은 어떻게 빼는 것인지 알 수 없었다. '힘을 빼자'고 다짐할수록 몸은 더 뻣뻣해져만 갔다. 힘을 뺀다는 건 내 의지대로 할 수 있는 문제가 아니었다.

3월은 새로운 시작이고 출발이다. 대학병원에서의 수련이 끝났다. 이제 더 이상 응급실 전화는 울리지 않고 아침 회진 시간에 나를 쪼는 사람은 없다. 대신 아침 시간의 대부분을 산부인과 5번 방 앞에서 대기하며 보내고 있었다. 3월, 나의 새로운 시작은 산부인과 난임 클리닉에서였다. 난임 클리닉으로 유명한 J병원 산부인과는 예약 시간에 맞춰 갔음에도 한참을 기다려야 했다. 난임 클리닉에 사람이 이렇게 많을 줄 몰랐다. 몇 번의 진료 끝에, 남편의 문제에 나의 문제가 더해져 곧바로 시험관 시술에 들어가기로 했다. 시험관 시술에 대해 대략적인 과정을 찾아봤다. 모 TV 프로그램에서 어르신이 여자가 임신, 출산하는 데 남자는 '기분만 냈지'라는 말이 맞았다. 아내가 수개월간 여러번 병원을 방문할 동안 남편은 기껏해야 한 번 얼굴만 잠깐 비추면 되는 일이었다. 그것도 한 시간이 채 되지 않는 시간이었다. 임신, 출산은 여자만 분주한 일이다. 다만, 우리 부부에게는 유전자 문제가 추가로 발견되어 남들보다 느리게 진행될 예정이었다. 유전자를 찾고 검사하는 데만 1년이 걸린다고 했다.

여자만 바쁜 난임 일정에 풀타임으로 일하는 병원에 취직할 수는 없었다. 눈치만 보다가 시작조차 하지 못할 것이 뻔했다. '이참에 쉴까'라는 생각도 들었지만, 쉬면 아쉬운 일당 생각에 여기저기 기웃거렸다. 마침 선배 병원에 임시 파트타임 자리가 나왔다. 오후 2시부터 6시까지만 근무하는 조건이었다. 선배는 초등학교에 입학한 아이를 가진 여자 의사였다. 선배는 아이가 하교하는 오후 시간이 필요한 반면 나는 오전 시간이 필요했다. 산부인과 진료, 검사, 난자 채취의 시술 대부분이 오전에 이뤄지기 때문에 서로의 필요에 꼭 맞는 일자리였다.

대학병원에서의 빡빡한 삶에서 나의 하루는 산부인과 일정과 파트타임 일자리로 대체되었다. 전보다 여유로운 삶의 빈틈은 온라인 세계가 채워주었다. 시험관 시술의 찐 정보를 얻기 위해 난임 카페에 가입했다. 정석대로 쓰여있는 딱딱한 교과서보다 직접 겪은 이들의 생생한 경험이 더 도움이 되는 법이다. 출퇴근 시간 내내, 산부인과 진료를 기다리며 끊임없이 난임 카페에 들락거렸다. 그곳에서 시험관, 인공 수정, 자연 임신으로 임신에 성공했던 이야기를 들으며 시간을 보냈다. 나도 그들처럼 성공 후기 쓰기를 바랐다.

난임에서 탈출한 이들이 공통적으로 하는 말은 '모든 걸 내려놓으니 임신이 되었다'라는 것이다. 단 한 번도 내려놓은 적 없었던 삶에서 내려놓으라는 뜻을 이해할 수 없었다. 내려놓음이 포기와 비슷한 의미를 가진다면 그건 내가 결코 하지 못하는 것이다. '포기'하기엔 모든 것이 간절했다. 하루라도 빨리 파트타임 일자리에서 벗어나 안정된 곳에서 일하고 싶었다. 하지만 나는 임신, 출산이라는 긴 터널에서 입구조차 찾지 못하고 있었다. 내려놓으면 모든 것이 쉬워질 거라는 건 알지만, 그건 내 의지대로 되는 일이 아니었다. 내려놓는다는 건 도무지 모를 일이었다.

본격적인 난임 스케줄이 시작되기 전에, 우리 부부는 단단히 준비했다. 길고 긴 스케줄을 시작하기에 앞서 한 달간 여행을 가기로 했다. 부부가 함께 긴 여행을 간 것은 처음이었다. 선배 병원에 양해를 구하고 미국 서부를 여행했다. 수련 생활로 여유 없이 지내던 삶에서 오랜만에 느껴본 쉼이었다.

여행에서 돌아와 그동안 미루기만 했던 운동을 시작했다. 출근하기 전까지 운동을 하고, 문화센터에 요리 강습도 받고, 그림을 배우러 다녔다. 산부인과와 파트타임이라는 두 가지 단조로운 일상에서 내 삶은 다양해졌다. 하루에 스쿼트 100개를 하는 데 집중하고 크로켓 만드는 법을 배워 집에서 시연했다. 남은 시간에는 그림을 그리며 시간을 보냈다. 자연스럽게 온라인 세계를 탐독할 시간은 부족해졌다. 들락거리던 난임 카페도 드문드문 들어가기 시작했다. 노느라 바빠서 인생에 틈은 없었다. 파트타임도 굳이 고집할 필요가 없어 보였다. 기약 없는 산부인과 스케줄에 천천히 가자고 마음먹었다. 마침 가고 싶었던 병원에서 풀타임 의사를 구한다고 연락이 왔다. 흔쾌히 수락했다.

정해진 시험관 시술 스케줄 내원 하루 전날이었다. 그날이 오지 않은지 일주일째였다. 설마 하는 마음으로 난생처음 임신 테스트기를 샀다. 임신이 되지 않는 몸이었으니, 임신을 한 번도 하지 않았으니 임신이라는 그 느낌이 무엇인지 알지 못했다.

선명하게 빨간 두 줄이었다. '말도 안 돼. 남편과 나는 자연 임신이 힘들다고 했는데….'

인생에 빡빡한 틈을 비집고 아기가 찾아왔다. 아무런 기척도 없이 그렇게 엄마가 되었다. 임신을 하고 나서야 깨달았다. 난임 카페에서 임신에 성공한 사람들이 떠들던 '내려놓는다는 것'의 의미를….

'내려놓는다'는 것은, 되지도 않은 일에 애쓰는 것보다 다른 일에 집중하는 것이다. 그것은 온전히 마음의 문제이기 때문에 이왕이면 몸을 쓰는 일이 좋다. 몸을 쓰면 자연스레 마음이 덜 가게 된다. 몸을 쓰는 건강한 삶을 바탕으로 다른 것에 집중하고 인생을 즐기며 사는 것이 '내려놓으세요'라는 말의 참뜻이었다.

그토록 어려웠던 배영. '내려놓으세요'와 '힘 빼는 것'이 같은 의미를 가진다면 나는 다른 것에 집중해보기로 했다. 힘을 뺀다는 생각에 집착하는 대신 내가 할 수 있는 호흡과 발차기, 팔 돌리기에 집중해보았다. 그런 것들에 신경 쓰느라 몸에 힘쓸 겨를이 없었다. 어느덧 몸이 유연해지고 배영이 자연스러워지기 시작했다. 내려놓는다, 힘을 뺀다는 것은 바로 이런 것이다.

나는 걱정을 낳았다

걱정을 낳았다. 아기를 출산하면서 걱정도 함께 낳았다. 걱정을 낳은 덕에 밤새 잠을 이룰 수 없었다. 퉁퉁 부어있는 눈, 붉은 피부, 콧구멍이 없었다면 어디가 코였는지 모를 낮은 콧대. 평생 이 외모로 살아갈 모습을 상상하며 속을 태웠다. 바늘로 찔러놓은 듯 작은 콧구멍에 아기의 숨이 제대로 붙어있는 것이 맞는지도 의문이었다. 짬짬이 코 아래에 손을 가져다 대고 날숨을 확인하느라 눈 붙일 겨를이 없었다.

아기가 살아갈 세상의 무게도 걱정되었다. 성인이 된 나에게도 버거운 세상이다. 나약한 아기가 어떻게 살아갈 수 있을지 걱정이었다. 할 수만 있다면 내가 그 무게를 대신 지어주고 싶었다.

아기를 염려하는 마음은 눈물로 바뀌었다. 출산 직후부터 눈물이 끊이지 않았다. 처음만 해도 그것은 나만 아는 눈물이었다. 눈물은 오롯이 혼자 있을 때만 떨어졌다. 샤워 물줄기에 부풀어 오르는 낯선 가슴을 보며 물소리에 울음소리를 감추고, 눈물을 흘려보냈다. 마음껏 울고 싶은 마음에 하루에도 여러 번 샤워를 했다. 그곳에서는 눈물샘을 막지 않아도 괜찮았다.

출산 후 3일째 되던 날 눈물은 본색을 드러냈다. 갑작스러운 할머니의 부고 소식은 나의 울음은 한층 더 고양시켰다. 나는 할머니에게 첫 손녀였다. 할머니에게 영원한 강아지였던 내가 첫 딸을 낳아 할머니에게 소개할 날 만을 기다리고 있었다. 할머니는 출산한 내 소식을 전해 받지도 못한 채 세상을 떠났다. 식사 중 사레에 들려 그 자리에서 의식을 잃고 다시 돌아오지 못했다. 손녀가 내과 의사였는데도 힘 한번 써보지 못하고 그렇게 황망하게 떠났다. 할머니가 세상을 떠나는 날 산모라는 이유로 배웅조차 하지 못하는 내 상황이 한스러웠다.

한쪽에서는 생명이 태어나고, 다른 쪽에서는 삶이 마감되었다. 양쪽 모두 내가 사랑하는 사람들이었다. 어느 쪽에 장단을 맞춰야 할지 몰라 혼란스러웠다. 결국 마음 가는 대로 하는 수밖에 없었다. 승자는 울고 싶은 내 마음이었다. 여태 남몰래 흘리던 나만 알던 눈물이었다. 할머니의 부고 소식으로 이제 눈물은 남들 앞에서도 거리낌 없이 쏟아졌다.

눈물샘에 구멍이 났다. 아기를 옆에 두고 눈물은 시도 때도 없이 터졌다. 나의 눈물을 본 가족들은 할머니를 잃은 슬픔 때문이라고 생각했다. 모두가 슬픔이 잠잠해지기만을 기다렸다. 하지만 나에게 찾아온 슬픔은 너무 단단해서 나를 떠날 기미를 보이지 않았다. 울어야 할 이유가 많았다. 아기가 울 때면 안쓰러움에, 울지 않을 때는 존재 자체가 예뻐서 눈물이 났다.

아기를 낳고 열흘째였다. 그날도 샤워를 하며 울고 있었다. 샤워기 물줄기에 흐르는 눈물을 씻겨 보냈다. 문득 나를 감싸고 있던 걱정과 슬픔, 눈물이 사실은 우울일지도 모른다는 생각이 들었다. 산부인과와 정신과 교과서 사이 어디쯤에서 본 것 같은 산후 우울, 그에 대한 증거를 모았다.

모유 수유의 지옥과 함께 불면증이 시작되었다. 출산 후 열흘 동안 단 하루도 제대로 잠을 이룬 적이 없었다. 밤새 수유를 하고, 닥치지도 않은 아기의 먼 미래까지 걱정하며 불안했다. 남편, 아기와 한방에서 잠을 자도 아기의 울음소리는 나에게만 잘 들렸다. 드르렁 코까지 골며 아기보다 더 잘 자는 남편을 이해할 수 없었다. 사실 젖 달라고 우는 아기의 울음소리를 듣고 남편은 할 수 있는 게 없었다. 내가 모유 수유를 고집하던 탓에 남편은 그저 방안을 서성이며 내가 일어나기만을 바라고 있었다. 모유는 왜 여자에게만 나오는 것인지 화가 났다. 그가 무능력해 보이기까지 했다.

불면, 걱정, 불안, 짜증의 근원이 우울이었다고 생각하니 모든 것이 이해되었다. 출산 후 찾아온 눈물은 아기를 위한 걱정이 아니었고 우울이었다. 우울에 우연히 할머니에 대한 슬픔이 더해졌다. 우울은 걱정, 슬픔으로 포장되어 나에게 눈물을 가져다주었다. 눈물의 까닭이 산후 우울이었음을 인식하자 더 이상 속수무책으로 당할 수만은 없었다.

"나 매일 울고 있는데, 아무래도 산후 우울인 것 같아."

남편에게 내 상황에 대해 고백했다. 내일도 운다면 정신과 전문의를 찾아가야겠다고 선언했다. '네가 무슨 우울증이야'라는 반응을 보일 줄 알았던 남편은 고개를 끄덕였다. 그렇다. 온갖 짜증과 눈물을 다 받아주었던 남편도 그동안 힘들었던 것이다. 남편에게 미안한 마음과 고마운 마음이 동시에 들었다.

당장 불면의 밤부터 해결해야 했다. 밤샘 모유 수유는 포기했다. 모유 한 방울 나오지 않는 남편에게 분유를 부탁했다. 나의 예민해진 귀를 가리기 위해 아기방과 다섯 걸음 떨어진 거실에서 잠을 청했다. 그날 밤 아기의 울음소리를 듣지 않은 덕에 5시간 동안 내리 잠을 잘 수 있었다. 출산하고 처음이었다.

어느새 날이 밝았다. 해가 뜨고 커튼을 쳤다. 주책없이 흐르던 눈물이 거짓말처럼 멈췄다. 우울을 포장했던 검푸른 슬픔도 사라지고 없었다. 무거웠던 기분이 한결 가벼워졌다. 씩씩했던 나로 돌아온 순간이었다. 나에게 찾아온 산후 우울은 열흘만에 스스로 자취를 감췄다. 운이 좋았다.

출산 후 절반의 산모들이 산후 우울을 경험한다. 분만 후 2~4일 내에 시작되며 대개 2주 이내에 자연히 호전된다. 일부 산모들은 치료가 필요할 정도의 우울증이나 정신병으로 진행하기도 한다.

출산의 기쁨과 고통은 함께한다. 아이를 낳은 후 세상에서 가장 큰 행복을 얻은 순간에 마주한 우울이었다. 아기를 낳지 않았다면 결코 몰랐을 행복한 우울이었다. 하지만 그 어떤 우울도 자신의 의지대로 극복할 수 없다. 아기에게서 얻은 행복을 우울이 지배하지 않도록 우울을 걷어내려는 노력이 필요하다. 가장 중요한 것은 가족의 지지다. 임신, 출산을 겪으며 급격한 변화를 겪은 산모에게 육아의 짐까지 더하는 것은 가혹하다. 그 무게를 가볍게 하는 것은 곁에 있는 가족뿐이다. 산모는 함께 생활하는 가족의 도움으로 자신에게 지워진 우울의 무게를 덜어낼 수 있다. 필요하다면 적극적으로 전문가의 도움을 받아 행복했던 우울에서 행복만 남도록 도와야 한다.

우리만 망한 건 아닐 겁니다

모유 수유와 모자동실

"이 약 먹어도 되나요?"

펑퍼짐한 윗도리에 부스스한 머리, 반쯤 감긴 눈, 수면 바지에 양말을 껴입은 그들은 딱 봐도 산모다. 한여름이든 겨울이든 산모 패션은 한결같다. 근무하는 병원 위층에 산후조리원이 있다. 이곳 산모들은 이따금씩 나를 찾는다. 손목, 어깨 통증, 소화불량, 감기, 장염 등 가벼운 내과 질환이다. 증상에 맞게 약을 처방해 준다. 모유 수유 중인 산모들은 망설인다. 그리고 이렇게 되묻는다.

"모유 수유 중인데, 이 약 안 먹고 참아볼까요?"

질문에 대한 답을 생각하며 5년 전 모자동실과 첫 수유의 추억을 떠올린다.

"모유 수유와 모자동실은 정말 중요하니깐 꼭 해야 해."

의과 대학 소아과 수업 중 가장 인상적인 부분은 모자동실과 모유 수유였다. 모유 수유가 얼마나 좋은지, 엄마와 신생아가 한 공간에서 지낸다는 모자동실의 장점은 시험에도 여러 번 나오는 중요한 문제였다. 결혼은 한참 먼 이야기였지만 언젠가는 나도 엄마가 될 것이기 때문에 마음속에 고이 저장해두었다.

출산 직전 구입한 육아 바이블 하정훈 선생님의 〈삐뽀삐뽀 119 소아과〉 첫 부분에도 출산 전 꼭 알아야 할 사항으로 모자동실과 모유 수유의 중요성에 대해 강조하고 있었다.

'출산 후에는 반드시 24시간 모자동실을 하고 분유는 절대로 먹이지 말고 모유 수유를 할 것!'

단호함이 느껴지는 문체였다. 소아과 족보를 기억하고 있던 모범생은 이미 답을 알고 있다는 사실이 반가웠다. 출산을 준비하면서 남편에게도 단단히 일러뒀다. 모자동실과 모유 수유는 반드시 해야 한다.

38시간의 오랜 진통 끝에 출산을 했다. 출산을 하고 나니 불렀던 배만큼의 허기가 찾아왔다. 저녁으로 나온 미역국 한 사발을 허겁지겁 쭉 들이켰다. '이 미역국이 모유 수유에도 좋다지?' 미역국의 국물을 한 방울도 남기지 않았다. 아기를 위해서 나는 기꺼이 목장이 될 준비를 마친 것이다. 식사를 마치자 전화가 울렸다. 아기도 배가 고픈 것 같다며 산모 병실로 아기를 보내겠다고 했다. 그렇게 우리는 첫 밤을 함께 보내게 되었다.

세상을 호령하는 인간의 탄생은 다른 생명체의 능력에 비하면 한없이 초라하다. 소도 사람도 임신기간이 10달로 비슷하다. 소의 새끼, 송아지는 태어나자마자 뛰어다니지만 내가 낳은 아기는 어림없는 소리다. 잘못 만지면 어디가 부러지지 않을까 싶을 정도로 소약했다. 이 생명체가 할 줄 아는 거라고는 우는 것밖에 없었다.

영문 없이 우는 아기를 보며 어쩔 줄 몰라 당황했다. 아기는 배가 고파서 엄마인 나에게 온 것이었으므로 젖을 물렸다. 황당하게도 모유가 나오지 않았다. 결혼하면 임신되고, 아이를 낳으면 으레 모유가 나오는 줄 알았다. 모두 아니었다. 마음은 목장인데, 현실은 텅 빈 목초지였다. 마음이 급해진 건 초유 때문이었다. 분만 4~5일 사이에 분비되는 초유는 면역, 비타민, 호르몬 등 좋은 성분들이 많다. 돈 주고도 살 수 없는 그 성분들만큼은 무슨 일이 있어도 꼭 먹이고 싶었다.

'줄 수 있는 게 이 한 방울뿐이다.'

여러 번의 시도 끝에 겨우 한두 방울을 먹였다. 아무것도 나오지 않으니 어쩔 도리가 없었다. 배가 고파 우는 아이에게 분유병을 물렸다. 〈삐뽀삐뽀 119 소아과〉 책에서는 '태어난 지 수일 내에 분유는 먹이면 안 된다고 했는데….' 망했다.

모유가 나오기야 한다면야 그리고 아기가 먹어주기야 하면 문제 될 것이 없다. 교과서에는 어떻게 하면 모유가 잘 나오는지, 아이에게 어떻게 모유를 먹이면 되는지에 대한 방법은 없었다. 고개도 못 가누는 아기를 두 손 한가득 안기도 힘겨운데 어떻게 모유를 먹이라는 건지 난감했다. 엄마 젖을 퉤하고 뱉어버리거나 물지 않을 때도 많았다. 족보를 벗어난 탈족이었다. 탈족 젖에 더해 탈족 아기라니. 망할 수밖에 없는 시험이었다.

그럼에도 기회는 있었다. 종료 시간이 정해지지 않은 시험장이었다. 수유실이 있다는 이야기를 듣고 그곳으로 잠입했다. 아기를 능숙하게 다루며 쉽게 젖 물리는 산모, 모유가 잘 나오는 산모들을 힐긋거리며 쳐다봤다. 모범생에게 커닝은 쉬이 허락되는 것이 아니지만, 아기를 위해서 어쩔 수 없는 선택이었다. 옆에서 직접 하는 걸 보니 대충 감이 왔다. 역시 커닝은 옳았다. 교과서보다 100배 도움이 됐다.

모자동실은 아기와 엄마 모두에게 좋다고 했다. 애착 형성을 위해 아기에게 좋은 건 당연하고 적절한 활동을 하며 아기를 돌보는 게 산모에게도 도움이 된다는 이야기다. 24시간 모자동실을 하면서 엄마와 아기가 함께 자고 쉬면 된다. 나도 출산 전에 책을 보면서 끄덕끄덕했었다.

'그래그래, 엄마도 아기를 돌보며 적당히 몸을 풀어야지.'

하지만 아기가 태어나고 진짜 엄마가 되어 보니 깨달았다. 엄마와 아기가 한 공간에 있다면 엄마는 쉴 수가 없는 것이다. 먹고 싼 거 치우고 씻기고 재우다 보면 다시 먹어야 하는 시간이 온다. 둘째 날부터 시험장을 도망치고 싶었다. 게다가 병원에서 퇴원하면 집에서 산후조리 예정으로 자동 모자동실 연장이었다. 아이 울음소리 없이 잠깐이라도 쉬었으면, 편하게 잠 한번 자봤으면 하는 생각이 간절해졌다. 하지만 나는 병실을 벗어날 수 없는 산모였다. 대신 수시로 아기를 신생아실로 보냈다. 나의 생존을 위해 아기를 신생아실에 맡기고 분유 수유도 부탁했다. 그렇게 중요한 족보였던 모자동실도 완벽하지 못했다.

교과서에서 모자동실과 모유 수유는 한치의 양보도 없었

다. 〈삐뽀삐뽀 119 소아과〉 속 선생님은 너무나 단호해서 때때로 야속하기도 했다. 선생님은 아기에게 젖 한번 물려보신 적 없을 테니 그럴 수밖에 없을 것이다. 나도 환자들에게 직접 경험해 보지 않은 것에 대해서는 교과서대로 말해준다. 선생님의 단호함을 충분히 이해한다. 다만, 〈삐뽀삐뽀 119 소아과〉의 열정적인 독자로서 선생님이 이렇게 한 줄만 더 쓰셨더라면 더 많은 이들이 이 책을 사랑했을지도 모른다.

'이 모든 게 잘되지 않을 수도 있으니 편하게 시작하십시오.'

평생 모범생으로 살았다. 육아도 교과서에 있는 그대로 하면 되는 줄 알았다. 아기에게 만큼은 최고로 좋은 것만 주고 싶었다. 교과서에서 입이 마르게 칭찬하고 시험에도 자주 출제되는 모자동실과 모유 수유, 그건 나를 위한 것이 아니라 내 아이를 위한 거니깐 충분하게 해주고 싶었다. 해줄 수 있을 것 같았지만 현실은 탈족 투성이었다.

나는 교과서대로 100점짜리 완벽한 엄마perfect mother는 아니었다. 모자 동실은 하루 중 몇 시간만 했을 뿐이고, 모유와 분유를 적당히 섞어가며 아기를 키웠다. 완모는 못했지만 아기는 별문제 없이 잘 자랐다. 서로가 서로에게 처음이라 적응의 시간이 필요했다. 적응의 시간을 겪으며 서서히 깨달았다. 나는 완벽한 엄마가 될 수가 없다. 아기 역시 완벽한 엄마를 필요로 하는 게 아니다. 아기가 필요한 건 그저 엄마였다. 완벽하지 않아도 좋은 '충분하게 좋은 엄마' 말이다.

"모유 수유하기 힘드시죠?"

모유 수유를 유지할까 고민하는 산모에게 배운 대로 완벽하고 싶었지만 되지 않았던 나는 이렇게 대답한다.

"정 힘드시면 약을 드셔요. 약을 먹을 동안에는 모유 수유를 잠깐 중단해도 돼요. 정답은 없어요. 약을 먹지 않고 모유 수유를 계속하든 수유를 잠깐 멈추든 괜찮아요."

둘 다 옳다. 엄마면 된다. 아기를 위해 애쓰고 있는 그들은 이미 충분히 좋은 엄마들이다.

출산휴가, 출산은 맞고 휴가는 틀리다

누가 출산휴가라고 했는가

출산휴가로 3개월간 자리를 비웠던 A 선배가 돌아왔다. A 선배의 표정이 밝았다. 전공의 시절 임신이 되지 않아 출산휴가 한번 받아보고 싶은 마음에 A 선배가 마냥 부러웠다.

선배들보다 한참 늦어졌지만, 드디어 나도 출산휴가를 받았다. 봉직의도 90일간의 출산휴가를 쓸 수 있게 되었다. 출산 후 오래 쉬고 싶은 마음에 출산 직전 5일까지 일했다. 남은 출산휴가는 85일이나 되었다.

'85일이라니….'

그동안 나의 휴가는 길어야 일주일이었다. 출산을 앞두고 있는 내게 선배는 말했다.

"출산휴가? 너 1년 차 때 했던 에브리데이 당직 기억나지? 딱 그거야."

공포의 에브리데이 당직. 결코 돌아가고 싶지 않은 내과 1년 차의 첫 시작이었다. 100일 동안 매일 당직을 섰다. 4년의 수련기간 중 가장 힘들었던 때였다.

밤이다. 전화가 울린다. 낮이다. 전화가 울린다. 100일간 밤낮 가릴 것 없이 병동 전화를 받고 이를 해결했다. 100일 당직은 내과 의국의 오랜 전통이었다. 병원 생활이 익숙하지 않기 때문에 동기들끼리 함께 당직을 서며 일을 배우라는 선배들의 배려였다. '그런 배려. 해주지 않으셔도 괜찮았는데….' 스물여섯 살의 나는 잘 버텼다. 하지만 젊음으로 버티던 몸은 100일 당직이 풀리던 무렵 무너지고 말았다. 100일 동안 먹고 자는 일이 제대로 될 리 없었다. 100일 당직으로 인해 나의 질병이 다시 시작되고 말았다.

에브리데이 당직을 섰던 그때보다 7년이라는 세월이 흘렀다. 세월이 젊음이라는 무기를 앗아갔다. 대신 모성의 힘으로 당직을 서야 했다.

밤이다. 아기가 운다. 낮이다. 아기가 운다. 아기는 정확히

3시간마다 울었다. 밤낮 가리지 않았다. 3시간마다 모유를 먹이고, 트림을 하고 기저귀를 갈아주고 다시 재웠다. 아기가 잠을 자는 사이 잠깐이라도 눈을 붙여야 마땅하지만 좀처럼 잠이 오지 않았다. 핸드폰으로 육아카페를 들락거리다 잠시 눈을 붙였다. 어느새 3시간이 지나 있고, 아기는 영락없이 울기 시작했다.

모성은 난생처음 가져보는 무기였다. 모성은 강하다고들 한다. 하지만 내게 모성은 젊음보다 강하지 못했다. 내과 1년차 때는 100일 가까이 견뎠던 몸이었지만, 7년이 지나 젊음이 증발된 내 몸은 이전보다 더 쉽게 신호를 보내왔다. 출산한 지 한 달 만에 병이 재발했다. 밤 중 절반은 아이와 또 다른 절반은 복통으로 허우적거렸다.

내과 1년 차의 100일 당직은 기간이 정해져 있어 버틸 수 있었지만, 아기 돌보는 일은 기약 없는 일이다. 길고 긴 터널의 끝이 보이지 않았다. 한 달 만에 녹초가 되어 녹아버린 몸으로 그 끝을 찾을 수 있을지 의문이었다. 이제 겨우 한 달이 지났는데, 아직도 두 달이나 더 버텨야 한다니…. 그 길이 멀게만 느껴졌다.

그럼에도 희망은 있었다. 100일이 다가올 무렵부터 밤새 통잠을 자기 시작한다는 이른바 100일의 기적이다. 100일의 기적이 오기만을 바랬다. 이변이 일어나 아기는 50일 무렵부터 통잠을 자기 시작했다. 스테로이드 복용을 시작하고 아기의 통잠으로 충분한 수면을 할 수 있게 되자 내 건강도 회복되었다.

통잠을 자는 통에 야간 당직은 끝이 났지만, 여전히 낮시간의 육아 노동은 남아 있었다. 그때부터 나는 달력을 의식적으로 자주 보게 되었다. 남은 출산휴가 일수를 계산하며 출산휴가가 끝나기만을 바랐다.

드디어 출산휴가가 끝났다. 병원으로 출근하는 발걸음이 꽤나 가벼웠다. 아기와 헤어지는 것이 아쉬웠던 건지, 병원으로 출근이 설렜던 건지 확실하지 않다. 둘다였다. 오랜만에 만난 직원들의 인사에 나도 환한 웃음을 지어 보였다. 직원들이 "얼굴이 좋아보인다"고 말한다.

남들에게 비치는 나의 미소는 그때 출산휴가를 다녀온 선배의 환한 웃음과 비슷할 것이다. 선배의 표정이 그토록 밝았던 것은 드디어 힘든 육아에서 벗어났기 때문이었다. 출산휴가의 문자 그대로 나는 선배들이 출산하고 휴가를 보내다 오는 줄 알았다. 경험해보지 못했으니 그때는 몰랐다. 선배들은 3개월의 출산휴가 기간 동안 출산을 하고 매일 낮과 밤 당직을 섰던 것이다.

출산휴가라는 말은 누가 만들었는지, 출산이라는 단어와 휴가라는 단어는 같이 붙어 다녀서는 안 될 말이다. '출산휴가' 중에 출산은 맞고, 휴가는 틀리다.

출근하여 책상 위에 커피 한잔을 올려놓는다. 커피 한 모금을 홀짝이며 환자를 기다린다. 진정한 휴가는 여기 이곳, 나의 직장 병원에서 시작되었다.

원장님도 〈삐뽀삐뽀 119 소아과〉 보세요?

나는 육아서 〈삐뽀삐뽀 119 소아과〉의 수많은 독자 가운데 조금은 특별하다. 이미 소아에 대해 한번 훑은 이력이 있는 나였다. 본과 2학년 무렵 아기의 발달을 외우고, 굵직한 질병에 대해서 공부했었다. 소아과에 대한 이론과 실습을 모두 한 번에 통과했다. 당시 소아과 학점이 A-였으니 소아에 대한 이해는 평균 이상일 것이라고 자신했다. 어디 그뿐인가. 소아과 인턴도 했으니 다른 독자들보다는 실질적 경험까지 있는 셈이다.

배운 즉시 확인했어야 할 소아에 대한 진정한 이해는 10여 년이 지난 후에야 시작되었다. 나의 소아에 대한 실습이 이뤄진 첫날, 나의 무지가 만천하에 드러났다. 카트에 실려온 아기를 어떻게 안아야 하는지 몰랐다. 몸통, 팔과 다리가 모두 있음에도 만지기만 하면 부서질 것 같았다. 내 아기에 대한 실습이 시작되었지만 나는 아기를 멀뚱멀뚱 바라만 보았다. 변명을 하자면 소아과 교과서 어디에도 '아기 다루는 방법' 같은 건 없었다. 소아에 대한 이해도가 제로에 가까웠다. 의과대학에서 소아에 대해 배웠지만, 그것은 수박 겉핥기 정도에도 미치지 못했다. 그저 수박을 바라보기만 한 것이다.

그럼에도 아이가 아플 때만큼은 내과 의사 엄마의 소아과 지식이 도움이 될 것이었다. 진료 틈틈이 〈내과학 해리슨〉 대신 〈삐뽀삐뽀 119 소아과〉를 펼쳤다. 잊어버렸던 소아과 지식을 상기시키기 위해서였다. 내과 의사로 어른 몸에 대한 이해와 〈삐뽀삐뽀 119 소아과〉까지 탐독하고 있으니 의사 엄마의 역할을 다 해낼 수 있을 거라 믿었다. 이런 나를 보고 간호사가 "엄마가 내과 의사라도 〈삐뽀삐뽀 119 소아과〉 보시나봐요"라고 말했다.

돌 무렵이었다. 가벼운 콧물로 시작한 감기가 며칠째 고열로 이어졌다. 내과 의사인 나의 주 고객 어른 환자는 자신의 증상을 정확하게 표현한다. 어떤 때는 감기인 것 같다며 자신의 진단명까지 들고 왔다. 내가 낳았지만 말 못 하는 아기는 내게 어떤 증상이 있는지 표현하지 못했다. 자신의 질병에 대한 힌트 하나를 주지 않았다. 그저 우유를 덜먹고 칭얼거릴 뿐이었다.

〈삐뽀삐뽀 119 소아과〉 책에서는 열이 날 때는 어떤 수단과 방법을 가리지 말고 체온을 떨어뜨려야 한다고 했다. 해열제를 먹였지만 열이 좀처럼 떨어지지 않았다. 미지근한 물로 밤새 아이 몸을 닦았다. 30분 간격으로 아이의 이마를 만지고 체온계로 온도를 확인했다. 그 과정을 반복한 덕에 나는 인간 체온계가 되었다. 체온계를 대지 않고 손의 느낌만으로도 아기의 체온을 가늠할 수 있었다. 거의 정확했다.

"엄마, 나 열나는지 좀 봐줘."

어린 시절 열이 나는 것 같을 때 이마에 손을 가져다 대곤 했다. 여러 번 손을 대도 나는 내 몸의 온도를 몰랐다. 나의 체온을 확인받는 건 엄마 손이었다. 밤새 아기를 돌보며 왜 그토록 엄마 손 온도가 정확했는지 이해할 수 있었다. 내가 어렸을 때 엄마도 어린아이였던 나의 체온을 수많은 밤 동안 확인했을 것이다. 그 세월을 거쳐 엄마 손 온도계는 정확해졌다.

밤중에는 걱정과 염려가 밤의 색깔만큼 진해진다. 책에서 봤던 열이 발생하는 수많은 원인들 중 나는 가장 심각하고 나쁜 것들을 우선 떠올렸다. 폐렴이나 바이러스 뇌염과 같은 것들이다. 행운은 늘 다른 이들에게만 가고 나에게는 불운한 일들만 올 거라고 염려했다.

그와 동시에 지난 일주일간 나의 어떤 무지가 아이를 아프게 했는지 되짚었다. 며칠 전 야외로 외출했던 것이 잘못이었는지, 같이 놀던 또래 아기로부터 옮은 건지 생각해보았다. 모든 환자 보호자들이 한다는 '만약에' 놀이를 시전했다. '만약에 그날 놀러 가지 않았더라면, 만약에 그때 무리하지 않았더라면….' 이런저런 잡념으로 날이 밝기만을 기다렸다.

날이 밝자마자 일요일 아침에도 문을 여는 소아과를 찾아갔다. 일찍 도착한 덕에 세 번째로 진료를 볼 수 있었다. 소아과 의사에게 목과 코, 청진기로 숨소리를 확인받았다. 목이 부어 있지만 괜찮다는 말을 듣고서야 안심이 되었다. 몇 가지 약을 처방받아 집으로 돌아왔다. 지속된 고열은 5일째 갑자기 사라졌다. 열이 사라진 자리에 장밋빛의 발진이 나타났다. 돌 발진이었다. 괜찮을 거라는 소아과 의사 선생님의 말이 옳았다.

〈삐뽀삐뽀 119 소아과〉 책으로 소아에 대한 지식을 더할 수 있을 거라 생각했다. 하지만 1000페이지나 되는 책의 내용 전부를 저장할 수가 없었다. 설사 책을 통해 소아에 대한 이해를 모두 했다고 하더라도, 내 아이에 대한 객관성을 유지하기란 쉬운 일이 아니다. 의사의 객관적이고 정확한 진단은 차가운 마음에서 시작된다. 그 차가운 마음은 수많은 경험에서 비롯된다. 가벼운 질환에서부터 중한 질병에 이르기까지 4년의 수련과정에 더해 소아과 전문의로 수없이 많이 보았던 아이들로부터 온 것이다. 아무리 내과 의사라도 내가 낳은 유일한 아이, 케이스 1례로는 차가운 마음을 얻어 낼 수 없는 것이다.

소아과 의사는 말 못 하는 아기를 보고 진단 및 치료를 이끌어낸다. 진단명에 치료법까지 꿰고 오는, 말 잘하는 어른 환자를 주로 보는 내과 의사인 내가 봤을 때 영험한 일이 아닐 수 없다. 그런 소아과 의사의 영험함을 믿는다. 아이가 아프면 갈까 말까 고민이 없다. 내과 의사 엄마도 소아과를 간다.

그것이 기적인 줄 몰랐다

이 세상 모든 둘째들은 인간이 가진 본능 '망각' 덕분이다.

아기가 돌 무렵이 되자, 둘째 생각이 간절해졌다. 고생했던 지난날은 모두 사라졌다. 예쁘고 사랑스러운 존재를 하나 더 갖고 싶었다. 첫째를 키우며 알게 된 주변인들의 둘째 임신 소식도 마음에 불을 지폈다. 첫아이를 자연 임신으로 얻었지만 애초에 임신이 힘들다고 했던 난임 센터를 다시 방문했다. 모든 검사는 2년 전에 이루어진 것이기 때문에 몇 가지 검사를 새로 진행했다. 산부인과 의사는 실망스러운 결과를 내밀었다. 2년이라는 세월은 여자의 생식 능력이 감소하는 데 충분한 시간이다. 늙는 건 남자도 마찬가지다. 부부의 정자와 난자는 생식 능력이 부쩍 감소해있었다. 자연 임신을 기대하기보다 곧바로 시험관 시술을 할 것을 권했다.

앞뒤 재볼 것 없이 바로 시험관 시술이 시작되었다. 그 무렵 미국에 거주하는 첫째 형님도 시험관 시술에 열을 올리고 있었다. 본격적인 시술 전에 미국 형님의 난자 채취 소식부터 들려왔다. 태평양 건너 먼 곳에 있는 형님의 난자 채취 소식이 이곳 대한민국에까지 전해지는 건 순식간이었다.

"난자 15개 채취했대."

결코 형님이 채취한 난자의 개수까지 알고 싶지 않았다. 우연히 알게 된 소식이었다. 마흔이 훌쩍 넘은 형님에게 그렇게 많은 수의 난자가 채취되었다는 것을 믿기 어려웠다. 얼굴 한 번 본 적 없는 미국 형님이 궁금했다. '도대체 뭘 드셨길래.'

며느리가 채취한 난자 개수를 공유하는 것만으로도 주사위는 던져졌다. 첫째 며느리와 막내며느리의 난자 배틀이 시작된 것이다. 시험관 시술 전에 나는 나의 난자가 더 많이 채취될 거라 예상했다. 나의 생식능력이 더 우월할 것이라는 것은 괜한 허풍이 아니다. 난소 기능은 나이가 증가할수록 떨어진다. 내가 형님보다 10살이나 어리니, 내가 가지는 자신自信은 의학적으로 근거가 있는 믿음이었다.

며칠간 잘 키워온 난자를 채취하는 날이었다. 아픈 곳은 없지만 밑이 뚫린 환자복을 입고 서늘한 수술대 위에 누웠다. 마취 후 난자를 채취하고 회복하는 데 2시간이 걸렸다. 마취 기운이 덜 풀린 가운데 난자를 채취한 산부인과 의사가 내 곁에 왔다. 5개의 난자가 채취되었단다. 완패였다. 형님보다 10년이나 어린 내가 더 많은 난자를 뽑아낼 수 있을 거라는 것은 자만自慢이었다.

인생에서 어느 것 하나 쉽게 얻은 것이 없었다. 난자 역시 그렇다. 한 번에 15개를 얻었다는 미국의 형님, 내가 어떤 것을 해도 형님의 능력을 따라갈수 없는 일이다. 대신 내가 할 수 있는 건 시험관 시술을 여러 번 하는 것뿐이다. 한 번에 5개의 난자를 얻을 수 있는 몸이라면 시험관 시술을 3번 하면 된다. 아니, 애초에 난자의 개수는 의미가 없다. 오직 하나의 배아만 내게 무사히 착상이 되면 끝이다. 내게 채취된 난자 5개가 남편의 정자와 만나 몇 개의 배아가 만들어졌다는 소식이 들려왔다. 하지만 안타깝게도 완성된 배아들은 오래가지 못했다. 세 번의 시험관 시술이 석 달 간격으로 계속되었다. 정해진 스케줄대로 열심히 난자를 채취했지만, 어느 것 하나 다시 내 자궁에 착상되는 일은 없었다. 힘들게 얻은 난자 모두 자취를 감추었다.

'안녕 잘 가, 나의 난자들.'

미국 형님은 처음에 채취한 15개의 난자에서 여러 개의 배아를 얻었다. 그중 세 개의 배아를 이식했고 임신에 성공했다. 난자 생식 능력에 더해 착상까지 잘되다니, 행운은 한 사람에게만 몰아치는 경향이 있다. 미국 형님이 부러웠다. 또 다시 형님이 궁금해졌다. '도대체 뭘 드셨길래.'

세 번의 시험관 시술을 하다 보니 1년의 세월은 금방이었다. 오롯이 시험관 시술에만 충만한 1년이었다. 세 번째 시험관 시술을 마지막으로 우리 부부는 더 이상 시험관 시술은 하지 않기로 했다. 자연 임신을 바라는 것은 아니다. 시험관 시술을 준비했지만, 우연히 자연 임신이 되었다는 우리의 사연에 산부인과 의사는 이런 말을 덧붙였다.

"첫째가 있다고 했지요. 이런 결과에 임신이 되는 것은 쉽지 않은데, 그 아이 매우 똑똑하지요? 세상에는 의학적으로 설명되지 않는 무엇인가가 있어요."

'의학적으로 설명되지 않는 무언가', 그것은 기적이고 내 아이를 일컫는 말이었다. 나는 기적을 믿지 않았다. 그런 내게 하늘은 아기를 선물함으로써 내가 틀렸음을 증명해 보였다. 그때는 그것이 기적인 줄 몰랐다. 노력하면 내게 또다시 아기가 올 줄 알았다. 재차 내가 틀렸다. 그리 자주 오는 것이 기적이라면, 그건 기적이 아니다.

망각이라는 본능으로 둘째를 가지려고 했다. 그보다 먼저 내가 잊은 것이 있었다. 둘째를 가지기 위해 애쓰며 깨달았다. 지금 곁에 있는 아이의 탄생이 얼마나 귀한 일이었으며, 기적이었다는 것을 잊고 있었다. 1년 동안 세 번의 시험관 시술로 나는 난자 몇 개와 곁에 있는 내 아이에 대한 소중함을 얻었다. 기적은 바로 내 옆에 있는 이 아이였다.

엄마의 직업은 이모님이었다

나는 복도 많지

여의사의 3대 복은 함께 일하는 간호조무사 복福, 시어머니 복福 그리고 아이 봐주는 육아 도우미 복福이다. 그중 제일은 육아 도우미 복이라고들 한다. 일도 육아도 놓을 수 없는 여자 의사들에게 가장 큰 걱정거리는 아이를 돌봐줄 사람을 찾는 것이다. 나는 대한민국의 수많은 여의사들이 찾는 1등 이모님을 알고 있다.

아침 8시, 아파트 입구로 들어오는 사람들이 있다. 출근시간에 집에서 나서지 않고 집으로 들어오는 사람들. 그들은 업무를 마치고 집에서 쉬고자 하는 사람이거나 가정집이 직장인 사람들이다. 오늘 아침 아파트 입구에서 마주한 50대 중년 여성은 후자인 것이다. 나의 친정엄마와 마찬가지로….

"넌 정말 복도 많다."

동료 여의사들이 나를 부러워한다. 애써 부정하지 않는다. 내가 가진 큰 복을 감사하게 여긴다. 친정엄마에게 아이를 맡기고 마음 편히 병원으로 출근한다. 친정엄마가 없었다면, 내 집과 내 안의 평화로움은 없었을 것이다.

엄마는 평생 쉰 적이 없었다. 결혼 전에는 버스 안내양, 공장의 여공이었다. 결혼 후에도 집에서 나와 동생을 키우며 부업을 했다. 더 이상 엄마의 손길이 필요하지 않을 만큼 커버린 이후에도 엄마는 늘 직장을 구해왔다. 쉬면 병난다고 생각했던 엄마는 쉴 수가 없었다. 세월이 흘러 중년 여성이 된 엄마가 할 수 있는 직장은 줄었다. 어찌 된 영문인지 엄마의 일자리는 오히려 확장되어 갔다. 주방의 식당, 홀 서빙을 거쳐 5년 전부터 손녀를 봐주는 '외할머니'가 되었다.

외할머니가 되기 직전 엄마의 마지막 직업은 '이모님'이라고 불리는 육아 도우미와 산후 도우미였다. 나의 출산과 동시에 퇴사를 했지만, 괜찮은 이모님으로 평판이 났던 엄마였다. 수많은 여의사들이 찾는 일등 이모님은 나의 친정엄마다. 실제로 엄마의 손을 거쳐간 의사의 집도 더러 있었다.

잠시만 할 거라는 엄마의 마지막 직업은 딸인 내가 결혼 후 4년 동안 임신이 되지 않자 어느새 베테랑 '이모님'이 되어있었다. 10년간 지속된 일이다.

출산 직후 친정엄마와 함께 산후조리를 했다. 엄마는 갓 태어난 아기를 능숙하게 다루고, 만신창이가 된 나를 보살폈다. 아무런 준비 없이 벼락치기로 아기를 낳았는데 엄마는 산후 도우미로, 그리고 육아 도우미로 이미 여러 번 푼 기출문제를 손에 쥐고 있었다. 초보 엄마가 된 나는 친정엄마의 직업 세계에 초대되었다.

일주일 중 6일을 엄마와 마주하며 함께 하는 시간이 쌓여간다. 일하는 엄마 밑에서 자라 학창 시절 누리지 못했던 그때의 시간을 이제야 보상받는다. 그 시간 틈틈이 엄마는 자신의 마지막 직업이었던 '이모님' 세계를 무용담처럼 늘어놓는다. '이모님'으로 살았던 엄마의 직업이 어땠는지 알 수 없었던 나는 엄마의 수다에 귀 기울였다.

엄마는 아이 돌보는 일에 진심이었다. 평상시에 무감하던 엄마는 아이만 보면 다감한 사람이 된다. 이제는 더 이상 그들의 '이모님'이 아님에도 아이들의 성장을 궁금해하고 여전히 그들과 연락하며 지낸다.

어느 직업이든 프로의 세계에는 고단함이 따른다. 속상했던 일들도 적지 않았다. 돌보던 아이의 집에 물건이 없어져 경찰서에 간 적도 있었다. 없어진 물건은 안방 장롱 서랍 깊숙이 넣어 두었던 현금 다발이었다. 6살, 2살 남매를 돌보는 것이 엄마가 맡은 임무였다. 거실에서 아이들과 놀아준 일이 전부였던 엄마는 명백했다. 그럼에도 사건이 일어난 날, 그 시간에 그 집에 있었던 외부인 중 한 사람으로 경찰의 부름에 달려가야 했다. 그날 같은 장소에서 다른 일을 했던 청소 도우미도 함께였다. 나란히 앉아 있는 두 명의 도우미를 지켜보던 그 집 6살 첫째 딸아이가 소리쳤다.

"저기 청소 이모가 하얀 바탕에 초록색 줄무늬 장갑을 끼고 안방 장롱을 청소했어요."

6살 첫째 아이의 증언으로 엄마는 용의 선상에서 제외되어 참고인 신분이 되었다. 그 집 첫째 딸아이가 아니었다면, 억울한 누명을 쓸 뻔했다며 엄마는 가슴을 쓸어내렸다.

몇몇은 그들의 살림을 돌봐준다는 이유로 엄마를 경시하곤 했다. 돌봄 도우미 업체의 긴급한 연락으로 하루만 아이를 봐준 적이 있었다. 5살 남짓 되는 남자아이였다. 그 집은 처음부터 예감이 좋지 않았다고 했다. 아이 키우는 엄마라면 아이를 맡길 때 끼니 걱정을 가장 먼저 한다. 보통 몇 시에 밥을 먹는지, 아이의 반찬까지 알려준다. 그 집 엄마는 일절 그런 말은 하지 않았다. 끼니 때가 되어 오자, 친정엄마는 냉장고 문을 열었다. 준비된 반찬이라고는 계란뿐이었다. 보통의 아이라면 좋아할 계란말이를 하고 된장국을 끓였다. 입이 짧았던 건지, 반찬이 마음에 들지 않았던 건지 아이는 밥을 먹는 둥 마는 둥 했다. 늦은 오후 아이 엄마가 돌아왔다. 돌아온 제 엄마를 보자, 아이는 배가 고프다고 칭얼거렸다. 화가 잔뜩 난 고용주 아이 엄마는 A4 종이 한 장을 식탁에 올려놓고, 친정엄마를 취조하기 시작했다.

"여기에 시간대별로 뭘 먹였는지 적으세요."

그 집 엄마의 고압적인 태도에 친정엄마는 울컥했다. 집에 먹을 것이라고는 계란뿐이었다. 그걸로 어떻게든 먹이려고 애썼는데 먹지 않았던 아이를 두고 뭘 더 어떻게 해야 했을지 되물었다. 결국 소란이 일어났다. 친정엄마는 그 집 아이와 인사도 제대로 하지 못하고 그곳을 나왔다.

그 일을 전하는 친정엄마의 목소리는 흐릿했다. 엄마의 까만 눈동자 안에 투명한 무언가가 올라왔다. 끝내 그것을 떨어뜨리지 않고 속으로 삼키는 엄마를 보았다. 가슴이 쓰라렸다. 다짐했다. 엄마의 직업이 여기서 멈추어야 한다. 엄마의 마지막이자 평생 직업이 내 아이를 돌보는 '외할머니'로 남아야 한다.

수많은 워킹맘들이 찾는 일등 이모님은 온전히 내 차지가 되었다. 엄마는 아무리 일을 하지 말라고 해도 기어코 자신의 일을 찾아낸다. 손녀 봐주는 외할머니 역할을 하지 않는다면, 엄마는 또 다른 직업의 세계를 헤매고 있을 것이다. 내가 출근을 해야 엄마는 손녀 봐주는 외할머니 역할을 할 수 있다. 그렇기에 나는 오늘도 출근하기를 주저하지 않는다.

나와 남동생을 키우면서 손에서 일감을 놓지 않고 아등바등 살아왔던 엄마. 엄마에게서 나를 본다. 엄마를 닮은 나 역시 평생 일하고 살 팔자다. 만년 마음껏 일하고 살라고 엄마는 기꺼이 나를 도와준다. 젊었을 적 엄마가 받지 못했던 친정의 도움이다. 엄마가 받지 못했던 몫까지 내가 갑절로 받고 있다.

매일 엄마와 바통 터치를 하며 속으로 되뇐다.

"나는 참 복도 많지."

나는 알고 있다. 내가 받은 복을 다시 엄마에게 돌려주어야 한다. 엄마가 고생했던 만큼에 더해 나와 내 딸이 받았던 사랑을 곱절로 다시 엄마에게 되돌려 드리고 싶다.

머리에 구멍이 났다

발모광이었던 내가 발견한 아이의 원형 탈모

5살 아이의 머리에 구멍이 났다. 있는 힘껏 동공을 확장해 다시 봐도 구멍이 맞다. 언제부터였을까. 아이의 묶음 머리는 평일엔 친정엄마의 손에 이끌리고, 나에겐 일요일이 되어서야 오게 되는 일이다. 친정엄마에게 확인해 보니, 머리의 구멍이 생긴 지 며칠 되었단다. 괴로운 마음을 애써 감췄다. 제 자식에게 무슨 일이 생겼는지 파악하지도 못하면서 누구를 보살핀다는 건지…. 아침마다 제 머리에만 신경 쓰는 무심한 내 탓이다. 모두 내 잘못인 것만 같다. 객관적으로 제대로 확인해보고 싶었다. 카메라를 들었다. 사진에서 보니 하얀 구멍이 더욱 확연해졌다. 원형 탈모다.

아이의 머리숱은 태어날 때부터 압도적이었다. 그 작은 머리통에 한치의 틈도 허용하지 않고 머리카락이 빽빽하게 들어

있었다. 친정엄마가 묶으면 하루 종일, 손끝이 야무지지 못한 내 손을 거치면 3시간, 긴 머리카락을 잡는 손이 어색한 남편의 손에선 1시간 정도만 유지되는 대단한 머리숱이었다.

딸아이의 머리숱은 나로부터 시작된 것이다. 어렸을 적부터 어른들은 나의 머리숱에 감탄했다. 내 머리 묶기의 전담이었던 엄마는 아침마다 자신의 짧은 손가락을 타박했다. 간신히 묶음 머리가 완성된 후엔 연신 손을 주물렀다. 자신의 손가락이 조금만 더 길었어도 내 머리 묶기가 한결 수월했을 거라고 했다.

엄마의 수고는 내가 중학생이 되며 사라졌다. 귀밑 3cm의 단발머리 규정 때문이었다. 빽빽하던 나의 머리숱은 그 무렵부터 흩어지기 시작했다. 시험을 앞두고, 친구들과의 풀리지 않는 관계들 속에 나는 나의 머리카락을 한두 개씩 뽑았다. 반곱슬었던 내가 곱슬거리는 돼지털을 뽑는 것은 꽤 높은 절반의 확률이었다. 머리카락을 뽑을 때의 통증보다 만족할 만한 돼지털을 낚아챌 때 쾌감이 좋았다. 그렇게 내 책상 밑에는 돼지털 잔해들이 그득했다. 그것들을 모아 싸리 빗자루를 만들었어도 꽤 괜찮았을 것이다.

머리카락을 뽑는 수고는 의대생이 되어서까지 계속되었다. 괴상한 취미는 많아진 학업량에 맞춰 더해졌다. 언젠가부터 머리카락을 뽑아낼 때 그 어떤 통증도 느껴지지 않았다. 남은 건 쾌감뿐이었다. 대단했던 머리숱이 가벼워지기 시작했다. 그것은 수년에 걸쳐 시나브로 진행되었다. 손이 자주 닿았던 정수리 앞쪽이 휑해지기 시작하며 확실해졌다. 조명을 비추면 두피가 훤히 보이는 속알머리 없는 사람이 되었다.

"공부 많이 하더니 머리가 많이 벗겨졌구나."

오랜만에 만난 친구의 놀리는 듯한 말에서 심각함을 깨달았다. 탈모 센터를 방문했다. 두피 상태를 진단하고 시술 비용을 상담받았다. 넉넉하지 않은 의대생 신분으로 내가 그 돈을 지불할 리 만무했다. 그곳의 방문 목적은 그들이 홍보하던 무료 두피 상태 진단을 받기 위해서였다. 모니터 화면에는 머리카락이 빠져 맨질해진 채로 머리 바닥이 사막 같이 보였다. 그 많던 머리카락들은 어디로 갔을까.

본과 2학년 정신과 교과서를 읽으면서 탈모의 원인을 알게 되었다. 나는 발모광이었다. 발모광은 강박장애의 일종이다. 머리카락을 뽑으려는 충동을 억제하지 못한다. 머리카락을 뽑기 전에 긴장감이 고조되고, 뽑고 나면 만족감이나 긴장 완화를 경험한다. 잡아 뽑느라 약해진 두피는 더 이상 머리카락이 자라지 못하고 탈모가 진행되기도 한다. 정신과 교과서에서 이 부분을 읽고 또 읽었다. 그 단락을 반복해서 읽으며 나는 내 손을 머리카락 위에서 떼어 놓을 수 있었다. 그것을 읽기 직전까지도 내 손은 머리 위에 있었다.

나의 탈모의 원인은 발모광 때문이었지만, 발모의 근본적 원인은 스트레스였다.

중고등학교 6년, 의대생 6년. 공부는 언제나 버거웠다. 뛰어난 머리를 타고나지 못했던 나는 내게 가해진 압력을 빼내려고 스스로 머리에 구멍을 만들었다. 오랜 기간 학생 신분이었던 내가 책상을 벗어나지 못해 찾아낸 탈출구였다. 발모는 내 마음대로 할 수 있는 유일한 일이었다.

나쁜 습관이 아닌 병적인 행동과 그로 인해 훤해진 정수리였다. 발모는 이제 그만해야 했다. 발모를 관두기 위해 머리카락에 손이 가지 않도록 했다. 두 손을 놀게 하지 않았다. 눈과 머리로만 공부하려 할 때 다시 또 열심히 쓰기 시작했다. 오른손은 글씨를 쓰느라 바빴지만 왼손이 문제였다. 왼손을 엉덩이 밑에 깔고서 공부했다. 쉴 때는 그림을 그렸다. TV를 볼 때에는 뜨개질을 했다. 멍하게 있으면 나의 손은 내 머리카락 틈을 헤집고 곱슬머리를 찾아낼 것이므로 손을 쉬게 할 수 없었다. 공부할 때나 쉴 때나 쉬지 못했던 손은 더욱 거칠어지고 험한 행색을 하게 되었다. 거칠어진 손 덕분에 팽팽했던 삶은 풀어지기 시작했다. 삶의 긴장도가 감소하며 머리카락을 잡아 뽑는 행동이 점차 사라졌다. 최근에는 글쓰기가 추가되었다. 양

손을 부지런히 놀리며 글을 쓰는 것도 긴장 가득한 삶 속에서 스트레스를 풀기 위한 행동이 되었다. 그럼에도 여전히 긴장되는 순간에는 머리카락에 손이 올라가는 나 자신을 발견한다.

딸의 원형 탈모로 소아과와 피부과를 방문했다. 부쩍 줄어든 딸의 머리숱에 속이 쓰린다. 그 무엇이 딸의 머리카락을 앗아간 것인지 궁금하다. 스트레스 때문일 수도 있고, 원인을 알 수 없는 자가면역 질환 때문일 수도 있다고 한다.

머리 구멍에 연고를 발라주며 혼잣말을 했다.

"요즘 스트레스 받는 일 있는 거야?"

쭉쭉 팔다리 기지개를 켜며 아이는 이렇게 말한다.

"나 스트레칭은 한 적 있는데?"

거실 바닥에 누워 천진난만하게 쭉쭉이를 한다. 아이는 스트레스와 스트레칭이 비슷한 것임을 몸소 보여준다. 스트레스가 뭔지 모르고 자신의 머리카락을 스스로 뽑아내지 않는 아이에게 생긴 구멍이다. 아이의 구멍을 뒤늦게 발견한 것처럼, 내가 모르는 사이에 아이에게 어떤 일이 일어났던 건지도 모른다. 아이의 머리 구멍만큼 내 마음이 뻥 뚫린다. 약을 발라도 메워지지 않는 구멍을 보며 불안한 마음이 든다. 또다시 나의 손은 머리카락을 헤집고 다닌다. 한동안 잊고 있었던 나의 발모벽이 다시 시작되고 있었다. 하지만 머리카락을 뽑아 딸에게 붙여줄 수는 없는 노릇이다. 발모 대신 아이에게 해줄 수 있는 것을 찾아야 했다.

다가올 연휴에 병원에 출근하려던 계획을 바꿔 휴가를 신청했다. 아이의 구멍을 뒤늦게 알아차린 시간을 만회하고 싶었다. 구멍을 메우기 위해 내가 할 수 있는 건 아이와 함께 시간을 보내는 것이다. 어쩌면 그것은 나의 발모벽을 없애는 하나의 일이 되기도 할 것이다. 아이와 함께라면 나의 두 손은 늘 바빴다. 함께 그림을 그리고 요리를 하고 술래잡기를 하며 그 압력을 뚫어주기 위한 일을 제대로 찾았다.

아이와 나의 스트레스, 나에게 아이의 구멍을 메워 줄 수 있는 묘약 같은 건 없다. 다만 연휴 내내 엄마와 함께 보낼 수 있어 행복해하는 아이의 미소가 아이와 나의 구멍을 메워주기를 바랄 뿐이다.

4장

내과 의사의
건강한 잔소리

부캐, 닥터 키드니의 탄생

부캐릭터는 본래의 이름과 정체를 숨기고 다른 이로 활동하는 것을 말한다. 줄여서 '부캐'라고 부른다. 유재석은 여러 프로그램에서 드러머 유고스타, 트로트 가수 유산슬, 혼성 그룹 싹쓰리 멤버 유드래곤이라는 부캐로 활동 중이다.

나는 봉직 의사지만 내 이름 석 자 대신 닥터 키드니, 의사의 식탁, 워킹 닥터라는 부캐 뒤에 숨어 지내고 있었다. 부캐는 나를 대신해 네이버, 유튜브, 브런치를 뛰어다녔다.

처음 시작은 블로그 〈내과 의사의 건강한 잔소리〉 '닥터 키드니'였다. 4년 전, 마흔다섯에 콩팥이 완전히 망가져서 나에게 온 환자 때문이었다. 아주 망가질 때까지 증상이 없었던 그는 어느 날 갑자기 환자가 된 전형이었다. 생애 주기에 단 한 번이라도 검사를 해보았더라면 그의 인생은 달라졌을 것이다. 정보가 넘쳐나는 세상에서 여전히 누군가는 몰라서 환자가 된다. 왜 아무도 그에게 조언해 주지 않았을까. 그에 대한 안타까움에 블로그에 글을 쓰기 시작했다. 누군가 내 글을 읽고 도움을 받았다면 그것으로 만족했다.

하지만 딱딱한 글로는 한계가 있었다. 좀 더 이해하기 쉽도록 말과 영상을 녹여 만든 것이 유튜브 〈의사의 식탁〉이었다. 글을 쓰고 영상을 만들며 유튜버가 되었다.

무언가를 창작하는 활동은 나 자신을 다시 돌아보게 한다. 자랑스러운 부캐들이 있기 전에 나의 첫 번째 부캐는 환자였다. 가운을 입은 채 누군가에게 건강에 대한 잔소리를 하고 있지만, 나는 과거에는 지독히도 말 안 듣던 불량 환자였다. 나를 고백하고, 나처럼 살지 않기를 바랐다. 브런치 〈워킹 닥터〉 작가가 만들어졌다. 그렇게 부캐를 위한 부캐가 탄생되었다. 바쁘게 세 곳을 넘나들었다. 유튜브에서 맞은 뺨 '블로그'에서 달래고, 블로그에서 적지 못한 속마음은 '브런치'에 풀어냈다.

누군가에게 도움을 주기 위해 시작한 일이었지만, 결국은 내게 좋은 일이 되었다. 환자의 본문을 지키기 위해 건강하게 살고자 노력했다. 어렴풋했던 지식이 명확해졌고, 알기 쉽도록 설명하는 방법을 배웠다. 타인과 내가 궁금한 것이 다를 수 있다는 것을 깨달았다. 어느덧 나는 나의 부캐들을 이해하고

지지하게 되었다.

'우리는 친한 사람들의 솔직한 말을 고맙게 받아들인다. 다른 사람의 솔직한 말은 거만하게 들린다.'*

부캐들의 목표는 하나다. 건강에 대해 잔소리하는 내 말에 신뢰를 더하기 위해서다. 앙드레 모루아의 말처럼 우리는 친한 사람들의 솔직한 말은 고맙게 받아들인다. 부끄러운 과거를 고백하고 나의 삶의 일부를 드러내는 일도 친해지기 위해서다. 침묵은 나를 도와주지 않는다. 사람들이 나에 대해 알고 나면, 내 진심에 대해 이해할 수 있을 것이다. 이제부터 건강한 잔소리를 시작한다.

• • •

* 프랑스 평론가이자 작가 앙드레 모루아.

가슴 통증을 가슴에 '정박'시키세요

내가 보고 경험했던 것을 당신도 미리 알았더라면

"인턴 선생님, 여기 환자 '정리' 좀 해주세요. 심장 중환자실 6번이에요."

의사가 보고 겪었던 과거의 경험은 의사의 판단에 중요한 영향을 미친다. 여러 경험 중에서도 첫 경험, 첫 기억은 너무나 강렬하기에 다른 그 어떤 것보다 힘이 더 클 수밖에 없다.

3월 초 여전히 쌀쌀한 날씨로 두툼한 겨울 외투가 허용되는 때였다. 의사가 된 지 일주일째였지만, 아직은 의사라는 타이틀이 낯설었다.

처음으로 환자의 죽음을 '정리'하게 되었다. 아침에 해야 할 일을 처리하고 밥 한술 뜨려던 찰나였다. 중환자실에서 걸려온 전화에 "네"라는 소리를 하기 위해 맨밥만 겨우 넘겼다.

세수도 하지 못한 채 재빠르게 중환자실로 들어갔다. 호출을 받았던 심장 중환자실 6번 방이다. 환자는 떠났다고 했다. 그곳에는 아직 그녀를 보내지 못한 그녀의 가족이 머물고 있었다. "엄마" 하고 부르는 아직은 앳된 아이들이다. 엄마의 손길이 한참은 더 필요해 보이는 중학생쯤 되어 보이는 남매였다.

처음으로 마주한 죽음이지만 능숙한 척해야 했다. 울음이 범벅된 아이들의 소리를 들으며 조용히 커튼을 쳤다. 그곳에서서 남매의 높고 낮은 울음소리를 들었다. 뜨거운 눈물로 세수를 했다. 주책없이 흐르는 눈물과 시뻘게진 두 눈을 들킬까 봐 얼굴을 들지 못했다. 고개를 숙인 채 커튼을 단단히 고쳤다. 커튼 사이 남겨진 틈으로 초보 의사의 서툴고 떨리는 손길이 무례하게 보이지 않기 위해서였다.

그녀를 정리해야 했다. 환자의 혈관에 꽂혀 있던 굵은 카테터들을 없애야 한다. 오른쪽 어깨의 중심 정맥 카테터와 왼쪽 서혜부 근처의 관상동맥조영술 카테터를 제거하는 것이 내가 맡은 임무다. 카테터를 뽑으니 검붉은 피가 스멀스멀 나온다. 여러 장의 거즈를 말아 혈액이 나오지 않도록 꾹 눌렀다. 슬쩍 열어보니 더 이상 피는 나지 않지만 굵었던 혈관의 두께만큼 큰 구멍이 나있다. 준비되었던 바늘로 구멍을 메웠다. 마지막이 될 엄마의 모습만큼은 온전한 얼굴과 몸의 형태가 되어야 한다. 그녀의 몸을 원래의 모습대로 돌려놓는 것이 내가 할 일이었다. 정리를 마치고 아이들에게 자리를 내주었다. 엄마와의 마지막 인사를 위해서였다.

150센티미터 정도의 아담하고, 살집이 있는 40대 중·후반의 여성이었다. 우리 엄마와 비슷한 작은 키와 통통한 체격이다. 흔히들 말하는 아줌마, 보통 엄마들의 모습이었다. 이른 아침부터 어린 남매를 놔두고 세상을 떠나야만 했던 이유가 무엇이었는지 궁금했다. 처리하지 못한 처방도 정리해야 했고 인턴 방으로 돌아와 전자 차트를 켰다. 그녀를 찾는 건 어렵지 않았다. 다른 이들과는 달리 그녀의 이름은 회색으로 바뀌어 있었다. 더블 클릭.

시작은 오래지 않았다. 그녀의 증상은 내원 전날, 낮부터 시작되었다. 명치 부위의 불편함으로 동네 약국을 찾았고, 몇 가지 약을 받았다. 누구에게나 있을 수 있는 소화불량쯤으로 생각했을 터였다. 불편감은 시간이 지날수록 심해졌다. 세상 모든 엄마들이 참을성의 대가이듯, 그녀 역시 자신의 증상쯤은 대수롭지 않게 참아냈을 것이다.

시간은 흘러 저녁 6시 30분이 되었다. 아이들이 집으로 돌아오는 시간이었다. 저녁 식사를 위해 바삐 음식을 준비해야 했다. 밥솥에 불을 지피고 밥이 되기만을 기다리던 그녀는 결국 주방에서 의식을 잃었다. 119 구급차를 타고 응급실에 도착했다. 급성 심근 경색이었다. 응급 관상동맥시술로 꽉 막힌 혈관을 발견했다. 막힌 혈관을 뚫어주는 시술을 했지만 골든 타임을 놓친 그녀는 집으로 돌아가지 못했다.

그 후로 환자의 죽음을 셀 수 없이 많이 봤지만, 처음으로 죽음을 정리했던 경험은 바로 어제 일처럼 생생하다. 처음의 기억은 이렇게 강력하다. 의사는 기억에 남을 정도의 특정 질병을 경험하면, 비슷한 환자를 보았을 때 같은 질병을 생각할 가능성이 높다. 이전에 경험했던 기억이 남아 모든 것을 그것에 연관시키는 경향을 '정박 효과anchoring effect'라고 한다. 배가 닻을 내리고 머무르는 것을 정박anchoring이라고 하는데, 배가 부두에 매어있는 것처럼 그것에 매달리는 현상이다.

내게는 가슴 통증이 그렇다. 첫 환자의 기억이 10년이 지난 지금도 내 마음속에 남아 나를 채근한다. 명치의 불편함, 그 비슷한 증상을 호소하기만 해도 간담이 서늘해진다.

명치 끝이 아프다며 중년 여성이 나를 찾아왔다. 통통한 체격의 그녀는 발을 동동 구르며 식은땀을 뻘뻘 흘렸다. '이거 분명 심장 문제겠구나' 싶어서 환자에게 의뢰서 한 장을 쓰는 동안 나는 전전긍긍이었다. 그런 그녀는 내 마음을 아는지 모르는지, 잠깐 화장실을 다녀오겠다고 했다. 화장실에서 무슨 일이 생길지 모르니, 의료진의 동행을 지시했다. 만에 하나 환자가 쓰러지기라도 하면 해야 하는 조치들을 떠올렸다. 응급 상황에 대비하여 곧바로 119를 부를 수 있도록 만반의 준비를 다했다. 어찌된 일인지 시간이 지났음에도 화장실에 동행했던 직원과 환자가 좀처럼 돌아오지 않았다. 급한 마음에 잠시 진료를 멈추고 그들을 찾기 시작했다. 화장실 앞 직원이 어두운 표정으로 나를 바라본다.

"환자분 쓰러지신 건가요?"

나의 물음에 그는 고개를 절래절래 저었다. 잠시 뒤 화장실에서 나오는 환자를 마주했다. 환자의 표정이 편안해 보인다. 아니, 시원해보였다. 명치 통증이 사라져 있었다. '급똥'이었다.

우리는 머쓱해 하며 각자의 자리로 돌아갔다. 나는 환자의 가슴 통증이 '급똥'임을 밝힌 의사다. 그럼에도 가슴 통증은 환자나 의사의 가슴에 정박해야 할, 어떤 경우에도 놓쳐서는 안되는 중요한 증상이다.

우리가 살아 있는 한 심장은 수축과 이완을 쉬지 않는다. 심장이 뛰고 있다는 건 우리가 살아있다는 증거가 된다. 이때 심장 근육이 뛰기 위해 심장에 산소와 영양분을 공급하는 혈관이 관상동맥이다. 심장 주위에 있는 관상동맥은 크게 3가닥의 혈관으로 되어있다. 이 3개의 관상동맥 중 어느 하나라도 막히면 심장 근육에 산소와 영양 공급이 중단된다. 관상동맥이 꽉 막히면 심근경색증을, 일시적으로 좁아지면 협심증을 의심한다.

가슴이 아프다고 내원하는 환자를 보면, 의사는 가장 먼저 통증의 원인이 관상동맥으로 인한 심장 질환이 아닌지 확인한다. 이들에서의 전형적인 가슴 통증은 가슴에 코끼리 한 마리가 올라와 있는 듯한 느낌이다. 코끼리가 가슴을 누르는 것과 같이 뻐근하게 조이거나, 터질 것 같은 통증이다. 턱, 목, 등 또는 팔로 뻗치는 방사통이 동행하기도 한다. 때때로 무력감, 식은땀, 구역, 구토감, 어지럼증, 호흡곤란 등이 동반되며 의식을 잃는 경우도 있다.

협심증의 경우 2~5분 정도로 통증의 지속기간이 짧지만, 30분 이상 지속되면 급성 심근경색증으로 진행함을 의미한다. 이런 관상동맥질환은 우리 몸이 힘들 만한 상황에서 유발된다. 추운 계절에 등산을 하거나 운동 중에 발생한다. 과로나 스트레스가 심할 때 증상이 시작되기도 한다.

"그리 건강한 사람이 심근 경색으로 갑자기 쓰러졌다"라고 말하지만 그럴 만한 환경이 조성되었을 때 질병은 발생한다. 관상동맥질환은 랜덤이 아니다. 관상동맥질환의 발병 위험이 높은 사람들이 있다. 나이가 많을수록 관상동맥질환의 발병 위험도 역시 증가한다. 여성보다는 남성에게 관상동맥질환이 발생할 확률이 높다. 관상동맥질환의 가족력도 중요하다. 가족력이란 직계 가족 중 남성에게는 55세 미만, 여성 65세 미만에서 관상동맥 질환이 발병한 것을 말한다. 이 밖에도 흡연자, 고혈압, 당뇨, 이상 지질혈증, 비만 역시 관상동맥 질환의 주요 위험인자이다. 위험 요소를 여러 개 가지고 있을수록 관상동맥 질환의 발생 확률이 증가한다.

관상 동맥 질환은 의료진의 개입 시간이 늦어질수록 예후가 나쁘다. 특히 급성 심근 경색의 경우, 증상이 나타나고 치료를 받는 데까지 걸리는 시간은 90분 이내여야 한다. 시간을 지체할수록 심장 근육은 괴사되고 영원히 그 기능을 회복하지 못하게 될 가능성이 높다.

그래서 우리는 알아야 한다. 아는 것은 힘이고 생명 연장이다. 관상 동맥 질환의 발생 확률이 높은 당신에게 가슴 통증, 불편감이 있다면 절대로 참으면 안 된다. 인내심은 그럴 때 발휘하는 게 아니다. 흉통이 발생하고 30분 이내에 병원에 도착할 것을 권한다. 만사 제쳐두고 가장 가까운 응급실에 가야 한다. 그곳에 가면, 당신은 다른 응급 환자를 제치고 가장 먼저 봐야 하는 1순위 환자가 된다.

아는 것보다 더 중요한 것은 행동하는 것이다. 애초에 관상동맥 질환이 발생하지 않도록 평상시에 위험인자들을 관리해야 한다. 세상에는 내가 바꿀 수 없는 것이 있고 바꿀 수 있는 것이 있다. 관상 동맥 질환의 위험 인자 중 나이, 성별, 가족력은 내가 바꿀 수 없는 것들이다. 나이를 되돌릴 수 없고, 성별을 바꿀 수 없으며 나의 근원인 가족력을 거부할 수 없다. 바꿀 수 있는 것을 바꿔야 한다. 금연은 기본이고 고혈압, 당뇨, 고지혈증이 있다면 이에 대해 적극적으로 치료해야 한다.

당장 운동을 시작해야 한다. 적절한 강도, 규칙적인 운동은 혈압과 당뇨, 고지혈증을 개선한다. 비만으로부터 벗어나게 한다. 운동은 그 자체로 심장을 튼튼하게 하여 심장 질환을 예방한다.

우리가 현재를 살 수 있는 건 심장이 뛰기 때문이다. 살아 있는 동안 힘차게 뛰어야 할 심장을 위해 운동하는 것을 주저해서는 안 된다. 지체할 시간이 없다. 내일은 또 하루 늙으니 당장 오늘부터 시작해야 한다.

처음으로 정리했던 환자의 죽음. 심근경색으로 세상을 떠난 환자는 10년이 지난 지금도 내 가슴에 정박되어 있다. 내가 보고 겪었던 첫 경험을 그녀가 미리 알았다면, 가족의 품으로 돌아갔을지도 모른다. 그래서 나는 내 가슴에 정박되어 있는 이 경험을 당신의 가슴에도 정박시키고 싶다.

달리지 않아도 괜찮아

오늘 하루 심장이 뛰는 일 찾기

그곳은 평지에 가까운 비탈길이었다. 지팡이를 짚고 선 중년의 여성은 한 발짝도 떼지 못하고 있었다. 내려가려는 것인지, 그 자리에 머물고 싶은 것인지조차 알 수 없었다. 얼핏 보니 오른쪽 다리가 불편해 보였다. 아마 뇌졸중 후유증으로 인한 것이리라. 나의 관심이 불편할까 봐 시선을 오래 둘 수는 없었다. 하지만 모르는 척 두었다가 그대로 밤을 지새우거나, 크게 다칠 것이 뻔했다. 조심스럽게 다가가 어디가 불편한지 물었다. 그는 50미터 앞의 전동차를 가리켰다.

"저기까지만 가면 되는데, 경사 때문에 발이 떼어지지 않네요."

나는 그의 왼팔을 잡았다.

"제 팔을 잡고 발을 떼보세요."
"도와주니깐 이제야 땅에서 발이 떼어지네요."

위험한 길에 혼자 나오지 않는 게 좋겠다고 하니, 그는 평상시엔 활동 보조 도우미가 도와주는데 오늘은 휴일이기 때문에 혼자 나왔다고 했다. 그의 외출 목적은 운동이었다. 불편한 한쪽 다리를 위한 재활이다. 만날 쉬운 길만 가면 발전이 없어서, 오늘은 조금 힘든 길을 택한 것뿐이라고 했다.

한두 마디 나누는 사이, 어느새 비탈길은 끝나고 완연한 평지가 나왔다. 목표 지점이 20미터 안으로 좁혀졌다. 그는 여기부터는 혼자의 힘으로 가겠다고 했다. 운동하러 나왔는데 이렇게 도움만 받고 끝날 수는 없다며 그 누구보다 무거운 발걸음을 거스르고 앞으로 나가고 있었다. 약간은 가쁜 숨을 쉬었다.

'당신은 어떤 사람인가요?'

이 세상에는 달리는 사람, 달리지 않는 사람 그리고 달리지 못하는 사람이 있다. 달리는 사람은 20분 이상 달려도 무리가 되지 않는, 즉 달리기가 운동이 되는 사람이다. 달리지 않는 사람은 달릴 수 있는데 달릴 뜻이 없는 사람이다. 마지막으로 달리고 싶은 마음은 있지만 달리지 못하는 사람도 있다.

비탈길 위의 중년 여성은 달리지 못하는 사람이었다. 마음은 있지만, 신체 조건이 따라주지 않았다.

·

'운동이란 무엇인가.'

우리는 속도, 걸음 수, 거리로 운동을 평가한다. 얼마나 빠른 속도로, 몇 보를 걸었으며 얼마큼 많이 이동했는가를 확인한다. 비탈길 위의 중년 여성은 걷는 것보다 느린 속도였다. 그의 운동은 단 100보 정도의 걸음이었으며, 겨우 50미터 정도만을 이동했을 뿐이다. 누군가의 평가에 의하면 그는 전혀 운동을 하지 않은 셈이 된다. 하지만 비탈길 위의 여성은 자신의 발걸음을 운동이라고 했다. 아마 그를 옆에서 본 사람이라면 그 누구도 그가 운동하고 있었음을 부정할 수 없을 것이다. 그를 부축했던, 그를 가장 가까이에서 지켜봤던 나는 그의 발걸음은 운동이었다고 확신한다. 대화를 했을 때 바로 옆에 있는 사람만이 눈치챌 수 있는 거친 숨소리가 그 증거였다. 그의 심장 역시 빠르게 뛰고 있을 것이 분명했다. 평상시에는 인식하지 못했던 심장, 폐의 움직임은 운동할 때서야 비로소 깨닫는다.

비탈길 위 중년의 여성처럼 숨이 차고, 심장이 빠르게 뛰는 일이 바로 운동이다.

'심장이 뛰는 것을 어떻게 확인하는가.'

눈으로 직접 확인해야 직성이 풀리는 내과 의사는 이를 확인하는 방법으로 스마트 시계를 활용한다. 평상시 나의 심박수는 분당 65회 정도다. 오늘 새벽 빠른 걸음으로 걷는 산책길에 내 심박수는 금새 분당 120회로 뛰었다. 안경에는 김이 서렸다. 차가웠던 손이 따뜻해지기 시작했다. 추위를 막고자 입었던 두꺼웠던 외투는 부담스러워 벗고 싶어졌다. 등줄기에는 땀이 맺힌다. 숨이 차고 심장이 뛰는 것을 확인했다. 욕심내어 달리면 내 심장은 훌쩍 분당 150회로 향하겠지만, 무리해서 달리지는 않는다. 심장이 뛰기 시작했으니 오늘의 운동은 시작한 것이다.

주말에는 아이와 함께 놀이터에서 술래잡기를 했다. 아이를 피해 다니며 단 5분 만에 심박수는 분당 130회가 되었다. 순식간에 턱 끝까지 숨이 차올랐다. 까르륵거리는 아이 웃음소리가 들린다. 그 소리를 들으며 심장이 힘차게 뛰고 있음을 확인했다. 아이와 함께 하는 술래잡기는 고통 없는 행복한 뜀박질이다. 이것이 나의 주말 운동이었다.

운동하지 않고 건강한 삶을 사는 것은 불가능하다. 운동이 필요하지 않은 사람도 없다. 건강은 눈에 보이지 않는다. 운동을 할때서야 나는 건강을 확인한다. 내 심장이 잘 뛰고 있는지, 들숨 날숨에는 문제가 없는지 살핀다.

모든 사람이 달릴 필요는 없다. 비탈길 위의 중년의 여성처럼 내 심장이 뛰는 일은 무엇이든 운동이 된다. 운동을 방해하는 단 하나는 나 자신의 발걸음이다. 무거운 발걸음을 이기고 무엇이든 내 심장이 뛰는 일을 찾는다.

방광아, 참아서 미안해

지난 1년간 나를 괴롭힌 것은 방광염이었다. 어르신들이 오줌소태라고 말하는 방광염은 갑자기 소변이 잘 나오지 않고, 타는 듯한 작열감을 주 증상으로 한다. 나의 경우 방광염이 오는 경우는 몇 가지로 추려진다.

수면 시간이 부족한 경우다. 최소한 8시간은 자야 하는데 그보다 수면이 부족하면 몸은 쉬이 피로를 느꼈다. 곧바로 방광염으로 이어졌다.

다른 하나는 소변을 참는 경우다. 환자와 상담이 길어지거나 나를 기다리는 환자가 있을 때였다. 특히 해야 할 일의 마감은 화장실 가기 전에 집중도가 최고조에 이르렀다. 집중력에 욕심이 나서 화장실 가는 것을 자주 참았다. 신기하게도 참으니깐 참아지는 게 소변이었다. 늘 참기만 하던 방광이었는데 언젠가부터 방광은 성을 내기 시작했다. 방광염으로 자신의 인내심을 드러냈다.

지난 토요일에 남편의 생일을 앞두고 외식을 하기로 했다. 병원에 출근해 오전 외래 진료를 마치고 곧장 남편과의 약속 장소로 출발했다. 가는 길 내내 나는 분명히 나의 건강을 확인했었다. 지하철 두 정거장이 되는 거리를 걸으면서 만보를 채운 것이다. 푹푹 찌는 여름철의 날씨에도 언덕을 오르며 하나도 힘들지 않은 나의 체력이 뿌듯했다. 뒤늦게 고백하건대 만보를 채우는 동안 마음 한구석에 미심쩍은 것이 하나 있었으니, 그것은 가늘게 들리는 방광의 비명을 무시한 것이다. 방광이 외치는 '화장실 가라'는 신호를 듣고도 못 들은 척 만보 채우기에만 여념이 없었다. 약속 장소에 도착하자마자 본격적으로 아랫배의 통증이 시작되었다. 뒤늦게 화장실에 가보았지만 소변은 나오지 않았다. 방광의 비명을 무시한 대가는 영락없이 방광염으로 이어졌다.

콩팥 전문가인 나에게 이런 환자가 온다면, 버럭 화를 냈을 것이다. 만보 걷는 거 그게 뭐가 중요하다고 화장실을 가지 않고 무리를 하느냐고 말이다. 동시에 방광염에 즉효인 항생제를 처방할 것이다. 나는 시시때때로 나를 괴롭히는 방광염에 대응하기 위해 항생제를 포함한 상비약을 지니고 다녔다. 스스로를 꾸짖더라도 치료는 해야 하기에 항생제를 꺼내 바로 삼켰다. 항생제와 함께 진통제를 넘기며 성이 난 방광을 살살 달랬다. 다회 간 스스로를 관찰한 결과 항생제와 진통제를 삼킨 후 삼십 분에서 한 시간 내에 증상이 좋아졌었다. 허리를 움츠려 통증이 완화되길 기대했다. 그런데 어찌 된 일인지 시간이 지날수록 통증은 악화되어만 갔다. 아이와 친정엄마, 남편이 모두 모여 점심을 먹으러 가는데도 나는 가지 못했다. 통증을 견뎌 내느라 정신이 없었다. 나의 신경은 온통 아랫배에 집중되어 있었다.

'약을 먹었으니 제발 좀 아프지 말아라.'

달래고 달래도 방광의 화는 풀릴 줄 몰랐다. 모두가 밥을 먹는 동안, 쇼핑몰의 벤치에 앉아 통증이 잠잠해 지길 기다렸다. 아랫배의 통증을 온몸으로 받아냈지만 멈추지 않았다. 통증은 점입가경으로 오른쪽 옆구리로 진행되었다.

방광염이 지속되면 콩팥으로 염증이 진행될 수 있다. 신우신염이다. 통증의 위치상 콩팥에 문제가 있는 것 같았다. 스스로 배를 꾹꾹 눌러보고 주먹으로 옆구리를 쳐봐도 확실하지가 않았다. 내 몸이라 아플까 봐 살살 쳐서 그럴지도 모르겠다. 진통제를 먹었는데도 통증은 사라지지 않았다. 통증이 이렇게 계속될 수는 없었다. 처음부터 내 증상에 대한 진단이 잘못되어 내가 놓치고 있는 것은 없는지 불안해졌다. 얼마 전 간헐적인 옆구리 통증으로 내원한 젊은 여자가 요관암을 진단받았다.

'혹시 나 돌팔이 의사 아니야?'

통증이 2시간이 넘어가자 나에 대한 의심이 짙어지기 시작했다. 가벼운 방광염이라고 생각했는데 중한 병은 아닌지 확인이 필요했다. 정확하게는 나의 오른쪽 옆구리의 통증이 악성 질환은 아닌지 말이다. 무엇보다 아프고 싶지 않았다. 통증을 가라앉히는 강력한 진통제가 필요했다.

토요일 오후에 문 여는 곳은 대학병원의 응급실이다. 주말의 응급실은 번잡하고 복잡하며 오랜 대기 시간이 예상되지만, 통증을 온몸으로 받아내는 것보다는 나을 것이다. 어린아이를 두고 내가 몹쓸 병에 걸린 건 아닌지 불안도 해결해야 했다.

"아랫배랑 오른쪽 옆구리가 아파요. 사실 저 내과 의사인데요, 방광염이 자주 오는 편이라서 이번에도 방광염인 줄 알고 항생제랑 진통제를 먹었는데도 통증이 계속되어서 왔어요."

소변을 참다가 방광염에 걸린 내과 의사라니…. 신분을 드러내기 부끄러웠지만, 정확한 의사소통을 위해 의사임을 밝혔다. 환자 입에서 나온 의사라는 말에 응급의학과 의사가 나를 다시 쳐다본다. 의사에 의한 진찰이 시작되었다. 오른쪽 옆구리를 주먹으로 퉁퉁 치고 울림 통증을 확인한다. 신우신염 환자의 경우 이런 이학적 검사에서 통증이 나타나는 것이 전형적이다. 나는 통증이 있는 것 같기도 하고 아닌 것 같기도 하고 애매했다. 이렇게 모호한 증상을 호소하는 환자는 의사에게 찜찜함을 안긴다. 응급의학과 의사도 마찬가지였을 것이다. 그는 그 찜찜함을 다시 나에게 전달한다. 환자이지만 내과 의사이기도 하니 검사를 할지 말지를 나에게 물어보는 것이다.

"그럼 선생님, 피검사랑 소변 검사 좀 할까요? 너무 아프시니깐 진통제는 바로 놔드릴게요."

"네네. (당연히 그렇게 하셔야지요.)"

강한 동의의 의미로 "네네"거렸다.

혈액검사를 하고 몇 가지 영상 검사를 안내받고서야 침상을 배정받을 수 있었다. 방광염의 경우 가장 중요한 것은 소변 검사다. 소변 검사 결과가 한시라도 빨리 나와야 응급실에서 벗어날 수 있다. 하지만 역설적이게도 방광염의 주 증상 중 하나는 소변이 나오지 않는 것이다. 화가 잔뜩 난 방광은 여전히 토라져 있었다. 그 증거로 방광은 소변을 한 방울도 내보내지 않았다. 나를 닮아 정말 독한 녀석이다.

수액으로 방광을 살살 달래며 소변이 나오기를 기다렸다. 두 시간이 훌쩍 지나서야 요의가 느껴졌다. 그제야 방광의 마음이 풀어진 것이다. 기쁜 마음으로 화장실에 가서 소변을 받았다. 방광의 독한 기운을 품고 있는 첫 소변은 버리고 중간 소변부터 모았다. 소변에 거품이 잔뜩이다. 방광이 성이 단단히 난 모양임을 말해주었다.

'방광아, 미안해. 정말 다음부터는 절대로 참지 않을게.'

소변 검사 결과 다량의 단백뇨와 함께 백혈구, 혈뇨가 나오고 있었다. 요로 결석 및 다른 질환을 확인하기 위해 진행한 CT상에서는 신우신염으로 진행하고 있었다. 주사 항생제를 맞고서야 통증은 진정되었다. 결국엔 방광염이었고, 요로계 감염이 맞았던 걸로 봐서 나는 나의 진료에 확신을 가져도 될 것 같다. 이를 적극 홍보하여 환자 유치에 나서고 싶다.

'보셨죠? 저 돌팔이 아니에요. 잘해드릴게, 제게 오세요.'

급성 방광염은 내과 의사가 치료할 수 있는 질병이기에 오롯이 내 몫이었다. 하지만 스스로에 대해 객관적인 잣대를 들이대는 것은 쉽지 않은 일이다. 증상의 무게를 측정하는 것부터가 난관이었다. 참을 수 없을 만큼 아팠지만, 견뎌지기도 하는 것이 통증이었다. 통증은 짧은 순간이었지만 그 순간에 나는 여러 번 지옥을 드나들었다. 가벼운 질환이 흔하다는 것을 알고 있지만, 모질고 사나운 질병은 모두 내 것일 것만 같은 불길한 예감을 떨쳐내기가 힘들었다.

이때 다른 의사의 진찰과 객관적인 검사 결과는 이를 해결해주는 열쇠가 되어준다. 나는 예후가 걱정되는 심각한 질병, 나보다 더 전문적인 의학지식이 필요한 질병에서 다른 의사와 그 무게를 나눠 가진다. 스스로 머리를 깎을 수 있는 제아무리 내과 의사라 할지라도 뒷머리를 깎을 때는 타인의 손이 필요한 법이다.

그러니 지금도 자신이 어떤 질병일지 인터넷을 찾고 걱정을 하고 있다면, 어서 그 짐을 의사에게 던져버리길 바란다. 그 무게를 혼자 오롯이 지고 있으려니 온몸이 다 아프고 더 힘든 것이다. 모든 걸 다 아는 내과 의사도 다른 의사를 찾아가서 무게를 나눠 지었으니 말이다.

환자가 병원에 오지 않았다

환자가 병원에 오지 않았다. 혈액투석을 받아야만 살 수 있는 환자가 병원에 오지 않는다는 것은 더 이상 투석 기계가 필요 없다는 것이다. 이는 두 가지를 의미한다. 새로운 콩팥을 이식받았거나, 더 이상 콩팥이 필요 없거나. 전자는 기쁜 이별이고, 후자는 슬픈 이별이다. 일주일 동안 세 명의 환자가 병원에 오지 않았다. 동시다발적으로 벌어진 슬픈 이별이었다. 나의 직업이 생보다는 죽음에 더 가깝다는 걸 이럴 때 실감한다.

73세 유 할아버지는 세상을 덤으로 사는 사람 같았다. 5년 전에 혈액투석을 시작한 할아버지는 같은 해에 폐암을 진단받았다. 폐의 일부를 절제하는 수술은 성공적이었다. 문제는 약해진 할아버지의 신체 장기들이었다. 약해진 심장과 폐 기능으로 여러 번 죽을 고비를 넘겼다. 쓰러질 듯하지만 스러지지 않는 오뚝이처럼 그는 죽음의 고개를 넘기고 삶을 이어갔다. 기계의 도움을 받았기에 가능한 삶이었다. 기능이 다한 심장은 심박 조율기로, 제 역할 못하는 콩팥 기능은 혈액투석기로 대체하며 살았다. 덤으로 삶을 살게 된 할아버지는 항상 괜찮다고 했다.

할아버지를 따라다닌 것은 기침, 가래 그리고 담배였다. 폐암으로 수술을 받고 폐렴으로 죽을 고비를 수차례 넘겼어도 할아버지는 담배만은 끊지를 못했다. 추울 때는 추워서, 더울 때는 더워서 담배를 피워야 했다. 늘 기침, 가래를 달고 다녔던 할아버지는 약을 원했다. 나는 증상에 맞는 약들을 처방하면서 담배를 태우지 말라는 잔소리를 늘어놓았다. 그는 노력은 해보겠다는 말과 함께 내 잔소리를 무마시킬 용도로 홍삼사탕 한 뭉치씩 내 가운 호주머니에 쑤셔 넣어주곤 했다.

어느 날 유 할아버지의 자리가 깨끗했다. 며칠 전만 해도 입으로는 빨대 달린 물병을 쪽쪽 빨고, 한 손에는 나를 위한 사탕을 한주먹씩 쥐여주며 기침을 연신하던 유 할아버지가 병원에 오지 않았다. 빈 자리를 보며 그와의 마지막이었던 순간을 복기해 보았다. 이틀 전이었다. 그날도 나는 할아버지에게 담배 태우지 말라는 잔소리를 했다. 하지만 그때는 수상한 점을 감지할 수 없었다.

일주일이 지나고 가족들이 찾아와 할아버지의 마지막이었던 순간에 대해 들을 수 있었다. 잠들기 직전, 잠깐 '숨이 차다'라는 짧은 말 한마디가 전부였다. 잠자리에 들고 30분 뒤 할아버지는 숨이 멎은 채로 발견되었다. 무심결에 들른 그의 아내가 아니었다면, 아마 아침이 되도록 깜깜히 몰랐을 것이다. 늘 자신은 "괜찮다"는 말을 버릇처럼 했던 할아버지였다. 그런 할아버지의 마지막 길을 눈치채는 사람은 아무도 없었다. 한마디 외침도 아무런 흔적도 없이 떠난 할아버지의 이부자리를 통해 적어도 삶을 떠나는 순간만큼은 편했을 거라고 남은 이들은 감히 속단해 본다.

마지막까지 담배 태우지 말라고 잔소리만 한 내게 그날도 할아버지는 역시나 사탕을 주었다. 마지막인 줄 몰랐던 끝인사, 그게 우리의 마지막이었다. 그는 떠날 때까지 정 많고 따뜻한 사람이었지만 나는 여전히 잔소리뿐이었다. 그것이 내가 그에게 보여준 마지막 모습인 줄 알았다면 늘 하던 잔소리 말고 손 한 번 잡아주고 애정 어린 눈빛 한 번 더 보냈을 텐데 소용도 없는 일에 뒤늦은 후회를 한다. 할아버지가 내게 준 사탕 몇 개가 아직 내 책상 위에 있다. 남겨진 사탕을 보며 나는 유 할아버지를 기린다.

우리는 1년 뒤, 10년 뒤의 세상을 계획하며 살지만 당장 오늘 밤에 어떤 일이 일어날지 모른다. 나 역시 매일 아침 무심

곁에 '안녕하세요. 잘 지내셨어요'라는 말을 건네고, 답을 들을 수 있다는 것이 얼마나 큰 인사였는지를 깨닫지 못했다. 무사히 밤을 보내고 살아낸 내 곁의 사람들에게 다정한 인사를 건넨다.

"잘 지내셨어요"라는 간단한 인사 속에는 '지난 밤 잘 지내셨군요, 오늘 아침 다시 만나게 되어 반갑습니다'라는 속마음이 포함되어 있다. 속마음을 말로 표현할 수 없으니, 애정 어린 눈빛을 함께 실어 보낸다. 아침에 마주했던 우리의 눈 맞춤이 마지막이 되지를 않기를 소망한다.

유 할아버지의 갑작스러운 죽음은 '전해질' 때문이라고 추측한다. 콩팥 기능이 떨어지는 환자들(사구체 여과율 분당 30ml 미만)은 칼륨이 과도한 음식을 먹으면 고칼륨혈증으로 심장마비가 올 수 있다. 보호자와의 면담으로 유 할아버지는 최근 일주일간 호박죽만 먹었다고 했다. 과일, 야채에는 칼륨이 많이 들어있는데 호박죽 속 칼륨이 할아버지의 심장을 멎게 했을 것이다. 또 다른 가능성은 폐색전증이다. 폐 혈관을 피딱지가 막아 호흡이 멈춘 것이다. 마지막 남은 말 한마디, '숨이 약간 차는 것 같다'가 그 증거다. 죽은 자는 말이 없으니 알 수 없는 일이다.

제 명대로 살다 간 환자는 없다

올해 나이 94세인 송 할머니는 우리 병원에서 최고령이다. 4년 전, 90세에 혈액투석을 시작했다. 송 할머니는 가쁜 숨을 쉬며, 딸에게 이끌려 병원에 왔다. 누구나 들고 나는 굴곡이 있기 마련이지만, 할머니에게 그런 것을 찾아볼 수 없다. 푹 패인 얼굴, 앙상한 팔다리. 할머니에게는 축 처진 기저귀만이 유일한 굴곡이었다. 할머니는 삶에 대한 의지가 강했다. 그 의지는 보호자인 딸에 의해 더 단단해졌다. 평생을 어머니만 보고 살아온 딸이었다. 그녀에게 송 할머니는 삶의 목표이자, 일상의 전부였다. 딸이 쏟은 정성만큼 송 할머니의 수명은 늘어갔다.

송 할머니의 생명 연장을 방해한 것은 약해진 호흡 근육이었다. 콩팥 기능은 투석기계가, 손과 발은 딸이 대신할 수 있어도 나약해진 호흡 근육을 대체할 기계는 없다. 호흡근이 제대로 일을 하지 않으면 우리 몸에는 이산화탄소가 쌓인다. 체내 축적된 이산화탄소로 의식을 잃은 할머니는 인공호흡기의 도움을 받기도 했다. 이후 몸에 쌓인 이산화탄소를 제거할 목적으로 양압기를 사용하게 되었다. 가장 작은 사이즈의 양압 마스크를 써도 얼굴에 꽉 맞지 않았다. 얼굴에 살 한 점 없는 할머니에게는 한없이 헐거웠다. 양압기가 잘 적용되지 않으면 이산화탄소는 산적해갔다. 그때마다 할머니는 잠시 의식을 잃었지만, 정신줄만은 놓지 않았다. 보호자인 딸의 역할이 컸다. 반쯤 의사가 된 딸은 위기의 순간마다 병원을 방문하여 적절한 치료를 가능하게 했다.

새해가 되고, 연세가 한해 추가된 직후였다. 그날따라 송 할머니는 유난히 혼미해 보였다. 최근 들어 할머니는 걸을 힘조차 없었다. 휠체어에 실려 병원에 끌려오고 있었다. 무의미하게 보이는 두 눈, 반쯤 풀린 동공, 축 처져 있는 팔과 다리였다. 할머니는 딸의 도움으로 간신히 유지되던 정신줄을 자꾸만 놓으려 했다. 최근에 부쩍 삶에 대한 의지를 버린 것 같았다. 할머니의 모습을 본 나는 예감했다.

'마지막이다.'

모든 걸 놓으려는 송 할머니를 보며 보호자인 딸은 울음을 멈추지 않았다. 이대로 어머니를 보낼 수는 없다고 했다. 급하게 S대 병원 응급실로 이송되었다. 할머니가 병원으로 돌아오는 것은 쉽지 않아 보였다. 그럼에도 예전에 삶에 대한 의지가 강했던 송 할머니가 다시 이 위기를 넘겨 병원으로 돌아오지는 않을지, 또 한 번 기적을 보여줄 수도 있는 일이었다.

한 달 반 만에 할머니가 돌아왔다.

모든 것들이 이전보다 좋지 않았다. 양압기 사용으로 인해 코는 헐어 뼈의 일부가 괴사되어 드러나 있었다. 옷을 입지 않으면 형체를 알 수 없을 정도로 몸의 근육은 사라졌다. 입원 기간 동안 쉼 없이 들어간 수액으로 발과 손등은 퉁퉁 부어있었다. 심장은 예전보다 더 약해져 맥박과 혈압은 안정적으로 유지되지 않았다. 완전히 치유되어서가 아니라 더 이상 해줄 게 없어서 이루어진 퇴원이었다. 퇴원을 하고 이루어진 첫 만남에서 모두가 알았다. 더 이상 다음을 기약할 수 없다. 그날 밤 할머니는 응급실로 실려갔고, 그 길로 병원으로 돌아오지 않았다.

할머니가 병원을 떠난 뒤, 혼자 남아 있을 딸이 생각나는 건 당연했다. 세상에 태어난 이유, 삶의 목표, 생의 전부였던 엄마를 잃었다. 그녀는 엄마 없는 삶을 상상할 수 없다고 했다. 엄마가 없는 삶에 자신이 살아야 할 이유가 없다고 말해왔다.

할머니의 장례를 마치고 그녀는 어머니를 따라가겠다고 자살을 시도했다. 미수에 그치긴 했지만, 그동안 그녀가 보인 송 할머니에 대한 정성을 생각하면 충분히 이해되는 행동이었다.

평균 수명보다 10년을 더 살다 떠난 송 할머니. 누구는 그 정도면 오래 사셨다고 말한다. 하지만 평생 송 할머니만 보고 살았던 딸에게 94세 엄마의 죽음은 도저히 용납되지 못하는 것이다.

제명대로 살다 가는 환자는 없다. 아무리 의학적으로 이해되는 죽음이라도 가족, 연인, 친구와 같이 개인적으로 얽히면 그 객관성은 잔혹하기만 하다. 누군가에게는 생각조차 하지 않았던 헤어짐이고, 이해할 수 없는 잔인한 이별이다.

이 세상에 이별하지 않는 관계란 없다. 단지 저마다 이별이 오는 시간에 차이가 있을 뿐이다. 그 누구도 영원한 이별을 피할 방법은 없다.

최근에 그녀가 정신과 상담치료를 받고 있다는 소식을 전해들었다. 할머니의 94년 이승을 위해 평생 50년을 바쳤던 딸. 이 세상에 그녀 혼자 남은 게 아니다. 엄마를 잊지 않았다면 그 이별은 완전히 끝난 것이 아니다. 가슴속에 묻은 엄마의 삶을 연장시키는 것은 자신이 이생을 사는 것이다. 엄마를 품에 안고, 엄마가 해보지 못한 것들을 대신해보는 삶이라면, 더할 나위 없이 좋을 것이다. 멀리서 그녀를 조용히 응원한다.

우연이 운명이 된다

세상 모든 일은 우연히 일어난다. 우연하게 만나 인연이 되고, 우연히 사건이 발생한다. 뜻밖의 우연이 문제를 해결하기도 한다. 우연이 운명이 된다.

김 할아버지는 20년 전 대장암 수술 이후 앓고 있던 고혈압 합병증으로 콩팥이 망가졌다. 대장암 수술 후 4년 뒤에 암이 간에 전이되어 왼쪽 간을 절제하는 수술도 받았다. 암은 사라졌지만 망가진 콩팥은 돌아오지 못했다. 투석실과의 인연은 그렇게 시작되었다.

그가 혈액투석실에서 보낸 시간은 의사로 근무하는 나의 경력보다 길었다. 그는 진저리 쳐질 법한 긴 병원생활에도 인상 한번 쓰는 법이 없었다. 때때로 의료진의 노고를 알아주기도 하고, 투석 병상 생활이 얼마 되지 않는 새로운 신입 환자에게는 위로의 말도 건넸다. 그는 모두에게 사랑받는 존재였다. 그랬던 그가 작년부터 투석치료를 받는 동안 끙끙거리기 시작했다. 투석 받는 혈관이 문제였다. 그 고통은 일주일에 세 번, 혈액투석을 받는 4시간 동안 지속되었다. 예정되어 있는 고통은 두렵다. 문제를 해결하기 위해 찾아간 병원도 여러 군데였다. 정형외과, 신경과 등 협진 받은 과도 여러 과였다. 어느 곳에서도 문제를 해결해주지 못했다. 그가 도움을 요청하지 못한 병원 한곳만 빼놓고 말이다.

그곳은 투석 환자의 혈관을 손보는 데 유명한 A 병원이다. 전국적으로 워낙 이름이 알려진 곳이라 예약하기가 쉽지 않았다. 각고의 노력 끝에 진료 예약에 성공했고 대기 끝에 투석 혈관을 손보기 위해 입원을 했다. 보통의 혈관수술이 그렇듯 모두가 길게 잡아야 2박 3일의 입원을 예상했다. 수술은 생각보다 복잡했지만 성공적이었다. 수술 직후 통증이 완전히 사라졌다. 진작에 "수술할 걸 그랬다"며, 만족스러워했다. 다만, 두 번의 수술과 결과를 확인하느라 입원 기간이 예상보다 길어졌다. 2주간 입원하고 퇴원을 앞두고 있었다. 골칫덩어리였던 통증도 사라졌겠다, 이제는 원래의 병원으로 돌아올 일만 남은 그였다. 퇴원을 앞두고 투석 스케줄을 확인하기 위해 연락이 왔다. 그가 오겠다는 토요일은 여분의 자리가 없는 날로, 다른 환자들의 투석 스케줄로 마감되었다. 하는 수 없이 그는

A병원에서 하루만 더 입원하고, 돌아오기로 했다.

주말 사이 A병원에서 코로나 집단 감염이 터졌다. 6인실을 사용했던 김 할아버지 병실에서도 확진자가 나왔다. 증상은 없었지만, 같은 공간에서 생활했던 그도 코로나 검사를 진행했다. 결과는 COVID 19 양성. 무증상이었다. 할아버지는 코로나 양성 소견을 우리에게 전하면서 "살아서 다시 만날 수 있었으면 좋겠다"며 농담과 진담이 섞인 말을 했다. 우리는 "증상이 없으니 격리 기간만 잘 지키면 괜찮을 거"라고 그를 다독였다. 2주간의 격리 기간 동안 자주 연락이 왔다. 우울했던 기분은 좋아지고 있었고, 더 이상 새로운 문제는 발생하지 않았다. 예정된 2주의 격리가 끝나고 만날 날만을 남겨두고 있었다.

퇴원을 하기로 했던 날, 그에게 약간의 기침이 생겼다. 예정되어 있던 퇴원을 보류하고 완벽하게 좋아지면 돌아오겠다는 말을 남겼다. 그게 마지막이었다. 그 뒤로 일주일 동안 환자와 연락이 되지 않았다. 그의 가족에게 연락이 왔다. 기침이 발생하고 5일째 되던 날, 폐렴이 급속하게 진행됐고 결국 나흘 만에 세상을 떠났다. 코로나 19 감염으로 인한 폐렴이었다. 믿기 힘든 현실에 남겨진 사람들 모두가 코로나 블루에 빠졌다.

세상에는 나쁜 우연과 좋은 우연이 있다. 전자는 믿기 힘든 현실이고, 후자는 믿고 싶은 기적이다. 우리 주변에는 기적이라고 부르는 좋은 우연보다는 나쁜 우연이 더 많다. 환자들에게 일어난 모든 일은 필연이 아닌, 우연히 일어난 나쁜 일이다.

그에게 발생한 일 역시 우연이었다. A병원에 입원한 것, 퇴원 기간이 길어진 것, 같은 병실에서 코로나 확진자가 나온 것 모두 우연이었다. 우연이 운명이 되는 현실이 덧없게만 느껴졌다. 그의 운명에 더해진 수많은 우연 중 하나만 빠졌어도 그의 운명은 달라졌을 것이다.

믿기 힘든 현실에 '만약에'를 붙여본다. 만약에 병실에 코로나 확진자만 나오지 않았다면, 만약에 제때 퇴원했었더라면, 만약에 A병원에 가지 않았더라면…. 매 순간 아쉬웠고 안타까웠다.

만약은 없다. 믿기 힘든 현실을 부정하고만 싶다. 현실에서 병을 진단받을 때나, 사랑하는 이와의 헤어짐을 앞두고 있을 때, 과거를 되짚으며 잔혹한 운명에 '만약에'를 붙이고 올라간다. '만약에'를 붙이며 후회와 한탄을 한다. 그렇게 '만약에'를 붙이다 보면 종국에는 우리 존재 자체가 부정될지도 모른다. 애초에 태어나지 않았다면, 그 어떤 고통도 후회도 없을 것이다. 우리가 이 세상에 태어난 것도 우연이듯 세상 모든 일은 우연히 일어난다. 우연이 운명이 된다. 그러니 우연히 일어난 일에 후회하고 자책할 필요가 없다.

김 할아버지와 나, 당신과 나, 우리의 소중한 인연도 우연이 가져다준 선물이다. 여전히 할아버지의 빈자리를 볼 때마다 그의 미소가 그립다. 고통 없는 그곳에서 웃고 있을 할아버지를 생각하며 남겨진 사람들은 코로나 블루를 이겨낸다.

어른들은 약 잘 먹는 방법을 잊어버렸다

"약 좀 잘 드세요."

진료실에서 가장 많이 하는 잔소리 중 하나다. 의사는 약을 처방하고, 환자는 약을 먹는 것이 당연하지만 쉽지 않은 일이다. 환자들은 약을 잘 먹지 않는다.

복약 순응도란, 처방받은 약을 환자가 정확하게 복용하는 정도를 말한다. 국내 보고에 따르면 고혈압약의 경우 절반(47.7~57.4%) 정도가, 2형 당뇨의 경우 29.4%만이 정해진 처방대로 약을 복용했다.* 의사가 약을 처방해도 제대로 약을 복용하는 환자가 절반도 되지 않았다. 진료실에서 처방한 약을

•••

* 정연 · 변진욱(2016), 「만성질환자의 상용치료원 이용과 복약순응도 간의 관계」, 『한국임상약학회지』, 제26권 제2호, 129쪽 재인용.

꼬박꼬박 먹는 환자들은 한 학급의 모범생 수만큼이나 적다. 쫓아다니면서 약 먹자고 달래주는 이 없는 어른들은 잘 먹는 방법을 잊어버렸다. 환자들은 말한다.

먹고 사느라 약 먹는 걸 깜빡했다(44.4%)
약 부작용 때문에(21.1%)
가끔 복용하지 않아도 괜찮을 것 같았다(12.6%)
증상이 좋아진 것 같았다(8.1%)
약 먹는 것이 귀찮아서(8.1%) 약을 먹지 못했다고.*

모든 약은 약을 먹을 때만 효과가 나타난다. 건강이란 눈에 보이지 않는다. 한두 번쯤 약을 먹지 않아도 큰일이 생기지 않는다. 하지만 세상 모든 일은 모래알같이 작은 일들이 쌓이고 쌓여 하나의 큰 사건이 된다. 질병은 아무도 모르게 조금씩 조금씩, 시나브로 발생한다

고혈압, 당뇨환자가 약을 먹지 않으면 당연히 혈압과 혈당이 올라간다. 높은 혈압과 혈당은 증상이 없지만 고스란히 나에게 화살이 되어 돌아온다. 합병증이라는 화살이다. 고혈압, 당뇨 환자를 괴롭게 만드는 건 질환 자체가 아니라 그로 인한

* 2011년 발표 복약 순응도 실태 조사 〈환자단체 연합회〉.

합병증 때문이다.

높아진 혈압으로 심장은 심부전, 관상동맥질환이 나타난다. 뇌혈관에는 뇌졸중, 뇌출혈이 발생하고 콩팥은 말기 신부전으로 진행한다. 혈당이 조절되지 않는 경우는 더 심각하다. 높은 혈당은 머리부터 발끝까지 영향을 준다. 뇌혈관질환(뇌졸중, 뇌출혈)부터 눈(당뇨망막병증), 심장혈관(관상동맥질환) 콩팥(만성콩팥병)은 물론이고, 발끝(당뇨병성 족부병변)까지다. 눈에 보이지 않는 신경계에도 손상을 입힌다.

이런 이유로 고혈압, 당뇨환자가 약을 먹지 않으면, 병원에 입원할 확률이 2배 이상 증가한다. 합병증 발생 및 사망 위험도 2배 가까이 높다.

반대로 약만 잘 먹어도 고혈압, 당뇨로 인한 입원 위험이 감소한다. 혈압약은 당연하게도 혈압을 떨어뜨린다. 뇌졸중은 30~40%, 허혈성 심장 질환은 15~20% 감소한다. 당뇨 환자에서도 약만 잘 먹어도 당화 혈색소는 감소하고, 합병증과 사망 위험 역시 줄어든다.

고혈압, 당뇨환자를 예로 들었지만 매일 약을 먹어야 하는 다른 만성 질환들도 크게 다르지 않다. 약 잘 먹는 것은 만성 질환 관리의 첫걸음이다.

의사와 환자 모두의 공동 목표는 사는 동안 건강한 것이다. 병에 걸릴 수 있다. 하지만 병에 이끌려 다닐 수는 없다. 어떤 질병을 내 통제하에 두고 싶다면, 일단 약부터 잘 먹어야 한다. 약 잘 먹는 것은 건강을 유지할 수 있는 최소한의 방법이고, 가장 작은 노력이다.

어른들을 위한 약을 잘 먹는 아주 사소한 팁

당신도 약을 잘 먹을 수 있다

복약 순응도에 있어 환자는 극단적이다. 단 두 부류의 환자만 있을 뿐이다. 약을 잘 먹는 모범 환자이거나, 약을 제대로 먹지 않는 불량 환자다. 지겹게 약을 먹지 않았던 불량 환자에서 어느덧 약 잘 먹는 모범 환자가 된 나. 양극단을 달린 끝에 결국 모범 환자가 되어 깨닫게 된 몇 가지 팁이 있다. 약 먹기 힘들어하는 어른들을 위한 약 잘 먹는 아주 작고 사소한 팁 7가지를 소개한다.

하나, 작은 불편함도 의사에게 말해본다.

나는 브라질너트 같이 큰 알약을 삼키는 것이 불편했다. 약을 잘 먹지 않으면서 지어냈던 핑계 중 하나였다. 약에 대한 불만을 이야기하는 것이 약을 처방해준 교수님에게 무례가 아닐까라는 생각도 들었다. 그래도 용기를 내었다. 약의 크기가 너무 커서 삼키기 힘들다고 말했다. 무표정이었던 교수님이 씨익 웃으며 이야기한다.

"다, 방법이 있지요"라며 새로 나온 약을 소개한다. 잘게 쪼갠 과립형태였다. 하루 두 번 삼켜야 되는 큰 알약 4개를 과립형 두 포만 먹으면 된다. 약 먹기가 한결 수월해졌다. 신세계였다. 용기 내어 말하길 잘했다.

약을 먹을 때 불편함은 이미 다른 이들이 겪은 일로 나에게만 일어나는 일이 아니다. 하루에 두 번 약을 먹는 것이 불편하다면, 하루 한 번 먹어도 효과가 지속되는 서방형 제제가 있다. 성분이 다른 여러 종류의 약을 하나(복합제)로 묶을 수도 있다. 알약이 너무 크다면, 잘게 쪼갠 과립형도 있다.

모든 약에는 부작용이 나타날 수 있다. 소화불량, 속 쓰림, 변비 등 가벼운 부작용은 흔하고, 치명적인 부작용은 드문 편이다. 나타날 수 있는 부작용들은 이미 알려진 것들이고, 해결책 역시 정해져 있다. 자의로 약의 복용 여부를 결정하지 말고, 의사의 얼굴을 마주하면 문제를 해결할 수 있다.

"다 방법이 있습니다."

둘, 약 먹는 행위를 매일 하는 어떤 행동에 묶는다.

약을 잘 먹지 않았던 사람이 우연히 약을 잘 먹게 되는 일은 없다. 약 잘 먹겠다는 두루뭉술한 다짐은 생각날 때만 약을 먹게 한다. 그 다짐을 행동으로 고정시킨다.

예를 들어 하루에 한 번 약을 먹어야 하는 경우라면, 아침 기상 후 또는 아침 식사 직후에 약을 복용한다. 하루 두 번 약을 먹어야 한다면 아침, 저녁 세수 후에 약을 먹는다. 이렇게 매일 하는 행동과 약 먹는 것을 붙이고 반복한다. 단, 전제 조건은 매일 하는 것과 붙이는 것이다. 즉 매일 아침이면 기상을 하고, 세수를 해야 한다는 뜻이다.

셋, 약은 가능하면 오전에 먹는다.

하루 한 번 먹는 약은 24시간 효과가 지속되기 때문에 하루 중 어느 때 먹어도 상관없다. 하지만 저녁에 약을 먹으면 15% 이상의 환자가 약을 덜먹게 되었다는 연구 결과가 있다. 약은 가능하면 오전 중에 먹는다. 내 몸에 중요한 건강 챙기는 것을 하루 일과 중 가장 먼저, 약 먹는 것으로 시작한다.

넷, 건강을 약속하는 짝을 만든다.

배우자, 부모님 또는 연인에게 안부를 전하며 함께 약을 먹는다. 꼭 약이 아니고, 사람이 아니어도 좋다. 아이들의 밥, 남편의 영양제를 챙기면서 또는 강아지, 물고기 사료를 주면서 자신의 건강도 함께 돌본다.

나는 일주일 중 6일을 병원에 출근한다. 출근해서 환자들의 안녕을 확인하며 약을 먹는다. 출근하지 않는 일요일 아침엔 하루 종일 함께 하는 남편의 약을 챙기면서 함께 약을 먹는다. 주중에는 환자와 나의 건강을, 일요일엔 나와 남편의 건강을 살피며 매일 약을 먹을 수 있게 되었다.

다섯, 약이 부족하지 않도록 한다.

약이 소진되기 전에 미리 병원에 내원하여 약 복용의 연속성을 유지한다. 비상약, 여분의 약을 남겨두는 것도 좋은 방법이다. 가끔씩 다니던 병원에 방문이 어려울 때가 있다. 약은 다 떨어졌는데, 코로나 때문에, 예약이 너무 밀려서, 갑자기 지방으로 출장을 가서 등등의 이유로 약 처방을 받으러 갈 수 없는 경우다.

이때를 대비하여 평상시에 처방받은 약의 처방전을 사진으로 찍어 휴대폰에 보관한다. 그리고 가까운 병원을 내원하여 "원래 먹던 약의 처방전입니다. 약이 다 소진되어 약을 처방받으러 갈 수가 없습니다"라고 설명하면 원래 복용하던 대로 처방전을 발급받을 수 있다. 그렇게 약의 연속성을 유지한다.

여섯, 어르신들에게는 알람 설정이 필요하다.

약 복약 순응도에 따르면, 70세까지 약을 잘 먹던 사람도 80세가 넘어가면 다시 느슨해진다. 자꾸만 깜빡깜빡 나이 들어감에 따라 인지 능력도 퇴화한다. 이럴 때 알람을 설정하면 기억력을 일깨우는 데 도움이 된다.

일곱, 여행을 계획 중이라면, 여행 가방에 약부터 넣는다.

약을 잘 먹던 분들도 약 먹는 것을 잊어버리는 때가 여행 중이다. 일상에서 벗어나면 우리는 약 먹는 것도 쉽게 잊는다. 여행을 계획 중이라면, 지갑에 돈을 채우기 전에 건강부터 넣어야 한다. 이때 약 보관 통을 활용하면 휴대하기도 편리하고, 눈으로 복용 여부도 확인할 수 있다.

어떤 습관을 몸에 배이도록 하는 데 걸리는 최소 시간은 22일이다. 새로운 약을 먹기 시작하는 첫 3주간은 반드시 약 복용을 지켜야 한다. 이 시기를 버텨 2달이 지나면, 약을 먹지 않으면 뭔가 허전함이 느껴지고 찜찜한 기분이 든다. 더 이상은 약 먹는 것이 귀찮지 않다. 밥 먹는 것처럼 당연한 일이 된다.

약을 잘 먹는 일은 결코 쉬운 일이 아니다. 하지만 약만 잘 먹어도 질병의 대부분은 조절되고 건강한 삶을 유지할 수 있다. 오늘도 잊지 않고 약을 먹고 스스로에게 성실함을 보여준 당신. 당신은 타인에게 귀감이 되는 90점 이상의 우수한 모범 환자가 된다. 불량 환자에서 모범 환자가 된 내과 의사인 내가 보증한다.

인터넷에 증상 검색 좀 하지 마세요

하루아침에 의학도가 되어 나타난 보호자

노모老母를 모시고 다니는 그는 나를 보자마자 어머니가 크론병인 것 같다고 걱정을 한아름 지고 왔다. 기력이 떨어져 말도 잘 못하는 어머니는 밤사이 설사를 하고 항문 통증이 있었다. 밤새 인터넷을 검색하고 내린 결론은 크론병이었다. 그는 어머니의 증상이 나타난 지 만 하루 만에 크론병에 대한 의학정보를 다 꿰고 있었다. 날이 새도록 그 많은 정보들을 수집하느라고 잠 한숨 잘 수 없었을 것이다. 할머니는 하루아침에 크론병 환자가 되었다. 그리고 그런 환자의 보호자가 된 아들은 어머니에 대한 걱정이 더 커졌다.

크론병의 증상은 여러 가지다. 복통, 설사, 항문 출혈, 발열 및 체중 감소를 주로 호소하며 관절, 피부, 눈 등의 증상을 동반하기도 한다. 대장내시경 및 조직 검사로 확진한다. 증상으로 진단내리는 질병이 아니다. 그러므로 크론병이라고 할지라도 밤사이 보호자가 해야 할 처치는 없다. 아니 그 오밤중에는 의사가 할 일도 없다. 아무리 유능한 의사라도 환자가 호소하는 말 한마디만으로 병을 진단 내리지 않는다. 환자의 기저 질환과 다른 증상을 확인하며 필요할 때는 적절한 검사가 필요하다. 그렇게 의사는 환자의 병을 진단한다.

지금의 나는 전문가가 되기까지 몇 년의 시간이 필요했을까?

의과대학 6년, 인턴 1년, 내과 전공의 4년, 펠로우 1년 동안 나는 지금의 위치에 오기까지 12년이 필요했다. 최소한의 시간이었다. 하지만 적지 않은 사람이 하루 밤사이에 의학도가 되어 나타난다. 인터넷 검색이라는 도구 때문이다. 실은 나도 내가 잘 모르는 분야는 인터넷 검색을 해본다. 소아과와 산부인과 같은 건, 나도 확신하지 못한다. 그 결과 드물고도 놀라운 질병에 대해 덜컥 겁이 나기도 한다.

우리만의 문제가 아니다. "인터넷에 증상 검색하지 마세요"라는 주제로 스웨덴 의사가 노래까지 만든 걸 보면, 이건 만국 공통의 문제라고 할 수 있다. 이 노래 영상에 달린 댓글에 따르면, 인터넷 검색은 남자를 난소암 환자로 만들기도 하고 코피가 나는 사람은 혈소판 감소증으로 진단한다. 코에서 맑은

물이 나오는 건 뇌척수액일 수 있다고 끔찍한 경고를 한다. 기침을 하면 폐렴이라고 겁을 주기도 한다.

인터넷에 증상을 검색하면 나타나는 질병은 늘 과장되어 있고 극단적이다. 길고 긴 밤중에 우리 눈엔 유독 그런 것들만 들어온다. 밤새 인터넷 검색으로 할 수 있는 건 걱정뿐이다.

하나의 질병을 진단하기 위한 과정은 간단하지가 않다. 질병을 진단하기 위한 대충의 과정을 그려본다.

1. 증상의 정도, 기간, 주증상 이외에 다른 증상

주된 증상과 증상의 빈도, 기간, 양상, 동반한 증상을 살펴본다. 그리고 증상이 발현된 계절과 유행하는 질병을 고려한다. 2020년 이후, 요즘엔 열이 나면 가장 먼저 코로나 감염을 의심한다. 당신이 고민하고 있는 그 증상은 어떤 질병을 진단하는 데 중요한 증상이 아닐 수 있다. 반대로 아무것도 아니라고 생각했던 증상이 진단을 내리는 데 중요하기도 하다.

2. 환자의 나이, 성별

환자의 나이, 성별에 따라 생각해 볼 수 있는 질병은 다양하다. 여성의 경우 폐경기 전과 후에 생각해 볼 수 있는 질환이 다르다. 때때로 가족의 병력과 거주지(나라), 직업 정보가 필요하기도 하다.

3. 기저 질환

고혈압, 당뇨병, 만성콩팥병, 자가면역질환, 암, 간염 보균자, 과거 수술력, 출산력, 흡연력, 음주력

환자가 가진 기저 질환들을 생각한다. 같은 증상이라도 기저 질환에 따라 진단이 전혀 달라진다. 가슴통증을 가진 20대 남자는 역류성 식도염을 고려하지만 고혈압과 당뇨를 가진 50대 남성의 가슴 통증은 관상동맥 질환을 떠올린다. 기저 질환에 따라 복용하고 있는 약의 부작용에 대해서도 생각한다. 흡연력과 음주력은 하나의 질병으로 생각할 만큼 중요한 요인이다.

4. 의사에 의해 이뤄지는 다양한 진찰과 검사

혈액검사, 영상학적검사, 심전도, 내시경, 조직검사

마지막으로 의사의 진찰이 필요하다. 주관적일 수밖에 없는 환자의 증상을 토대로 의사는 취해야 할 정보와 버려야 할 정보들을 가려낸다. 환자의 안색을 살펴보고, 복부를 진찰한다. 청진소리를 듣기도 한다. 필요에 따라 적절한 검사를 진행한다. 추가 검사나 반복적인 검사가 필요할 때도 있다. 이런 검사들은 대개 객관적인 수치들로 진단에 있어 열쇠가 된다.

하나의 질병을 진단하기 위해서는 이 네 가지의 퍼즐이 맞아야 한다. 여기에 인터넷으로 결코 알 수 없는 의사의 직감과 같은 주관적인 느낌도 중요하게 작용한다.

'괜히 안색이 안좋아 보여. 어떤 병이 있을지 몰라.'

명확하게 설명할 수 없는 의사의 직감으로 병을 의심하고 진단하기도 한다.

우리는 살면서 많은 걱정을 한다. 줄어들기만 하는 통장 잔고, 일자리, 사람과의 관계, 그리고 진단받을 가능성 없는 그 어떤 질병. 해야 할 수많은 걱정 중 진단받을 가능성 없는 그 질병에 대한 고민은 하지 말기로 하자. 그 걱정은 의사에게 던져버리자. 인터넷 검색창은 결코 당신의 의사가 될 수 없다.

복통, 그 가볍지 않은 고통

복통은 흔하다. "배 아프다"는 말 한마디로 집단 모임에서 열외 대상자가 되고, 학교 가기 싫을 때 쉽게 핑계 대는 꾀병의 한 형태이기도 하다. 태어나 처음 겪는 복통은 배앓이로 표현된다. 영아 산통이라 불리는 배앓이는 생후 3개월 미만의 어린 영아들에게 나타난다. 말 못 하는 아기들은 난생처음 경험하는 복통을 온몸으로 표현한다. 숨이 넘어갈 듯 자지러지게 운다. 주먹을 쥐고 다리를 굽히며 배에는 힘이 잔뜩이다. 다 큰 성인은 '배 아프다'라는 말로 가볍게 증상을 표현하지만, 온몸으로 표현하는 복통은 이렇듯 실로 고통스러운 것이다. 하지만 살면서 한 번쯤 아니, 이미 여러 번 겪었기에 우리는 복통을 가볍게 여기곤 한다.

오늘 나의 복통은 아침 먹기 전부터였다. 완벽한 공복 상태부터 시작됐다. 어제도 배가 아픈 환자를 봤고, 괜찮을 거라고 이야기해주었던 그 복통이다. 나 역시 첫 만남일 리 없는 통증이지만 복통은 만날 때마다 낯설다. 이번 통증은 여느 때와 다르다. 배꼽 주위로 꼬이는 듯한 양상의 이 통증은 전에 없던 새로운 통증이다.

엄마 무릎에 누워 '엄마 손은 약손'을 하면 곧 사라질 것만 같다. 하지만 엄마 무릎에 눕기에 나는 너무 커버렸다. 두툼해진 뱃살을 들킬까 봐 배를 드러내기가 부끄럽다. 출근시간이 다가온다. 언제까지 이불을 말고 누워있을 수만은 없었다. 급하게 타이레놀 두 알을 삼켰다. 먹자마자 통증이 잦아지길 바란다. 아직 약효과가 나타날 시간은 아니라는 걸 알지만 멈추지 않는 통증은 불안하기만 하다. 식탁에 앉아 이야기를 하면서도 내 신경은 온통 복강 내에 쏠려있다.

복통에 점수를 매긴다면 10점 만점에 5점 정도는 거뜬하게 줄 수 있을 것이다. 복통이 있으면 내 머리는 복잡해진다. 생각해야 할 질환이 한두 가지가 아니다. 식탁에 앉아서 복통의 원인이 무엇인가 생각해본다.

나는 복통이 다른 신체의 어떤 통증보다 두렵다. 내 의사면허증의 햇수와 그 질병의 병력이 같기 때문이다. 이 복통의 근원이 지겹도록 나를 따라다니고 있는 그 병 때문은 아닌지 머릿속이 혼잡해진다. 마지막 발병 이후, 더 이상의 재발은 안된다고 했다. 최근에는 약도 잘 먹었고 스트레스받는 일도 없었다. 혈변, 설사 등의 동반 증상도 없어 병의 재발을 의심하기는 힘들었다.

다음으로 생각해 볼 수 있는 복통의 원인은 흔한 장염이다. 어제 먹었던 음식을 떠올렸다. 점심과 저녁에 먹었던 도라지, 냉이, 고사리나물, 돼지갈비, 굴전, 미역국. 많이도 먹었다. 명절 이후라 어느 때보다 풍성한 식탁이었다. 의심이 될 만한 것들을 되짚어보지만 마땅치 않다. 같은 음식을 먹은 친정엄마나 남편은 멀쩡한 걸 보면 아무래도 죄 없는 음식을 탓할 수는 없었다. 지난 1년 내내 2달에 한 번씩 걸렸던 방광염을 떠올렸다.

'그렇지. 나는 꼭 방광염의 시작이 복통이었지.'

소변볼 때 통증이 있고, 소변이 잘 나오지 않으면 의사는 방광염을 의심한다. 방광염이 올 때면 나는 어김없이 아랫배가 먼저 아팠고, 뒤이어 한두 시간 내에 소변이 잘 나오지 않았다. 방광염이라면 항생제를 먹어야 하는데, 정말 방광염인지 확실하지 않다. 항생제를 먹을까 말까 고민하며 화장실에 가본다. 소변이 잘 나오는 걸로 봐서 방광염은 아닌 것 같다.

혹시 그날은 아닌가 달력을 확인했다. 화장실에 가서 직접 보고도 확신할 수가 없다. 자궁내막증의 재발로 석 달 전부터 호르몬제를 먹고 있다. 약을 먹은 이후로 매일이 그날인 거 같은 출혈이 있다. 이 호르몬제는 생리통과 생리량을 줄여주는 약이라고 했다. 새로운 형태의 이 복통이 생리통 때문이라면 약효가 전혀 없다는 소리다. 호르몬제를 먹기 전에도 생리통으로 이렇게 아팠던 적은 없었기 때문에 생리통은 아닐 것이다.

마지막으로 게실염을 의심해본다. 2년 전 오른쪽 아랫배 통증으로 응급실에 갔었다. 당연히 충수염인 줄 알았지만 CT를 찍어보니 게실염이라는 뜻밖의 진단명을 붙이게 되었다. 재발을 잘하는 게실염이지만, 이번에는 위치가 다르다. 게실염을 진단받았을 때는 오른쪽 아랫배의 통증이었는데, 이번에는 배꼽 주위의 통증이다. 만약 게실염이라고 하더라도 금식하고 지켜보는 수밖에 없다. 금식은 내가 싫다. 금식은 안되기에 게실염은 아니어야 한다.

'설마, 누가 땅을 샀나?' 생각해 보지만, 최근에 땅을 산 사람은 아무도 없다.

그렇게 통증을 느끼며 차를 몰고 출근을 했다. 라디오 음악을 들으며 시선을 분산시키려 애썼다. 하지만 복통은 여전히 나를 약 올렸다. 나 아직 끝난 거 아니라며 자꾸만 쿡쿡 찔러댄다. 이렇게 기운 빠지는 상태로 누구를 진료할 수 있을까 싶다. 병원에 도착해 대기실을 힐긋 보니 다행히 나를 기다리는 환자는 없었다. 배에는 따뜻한 핫팩을 올려놓고 주전자에 물을 끓였다. 진료를 준비했다. 다른 일에 집중하는 사이 복통의 횟수는 줄어들고 있었다.

완벽하게 통증이 사라질 때까지 굶어야 한다. 따뜻한 차만 홀짝거리며 복통이 잠잠해지길 기다렸다. 정신없이 환자를 보고 나니 허기가 지기 시작한다. 아침도 굶었으니 배가 고플 만도 했다. 마침 간호사가 꽈배기를 가져왔다. 기름으로 튀겨낸 설탕 가득한 꽈배기가 부담스럽긴 했지만 한입 베어 물면 행복할 것 같다. 바사삭. 조심스레 한입 두입. 역시 맛있다. 다행히 더 이상 배도 아프지 않았다. 이렇게 통증의 횟수가 줄어들고, 강도가 약해지면 또 언제 그랬냐는 듯 기운이 차려진다. 아침에 겪었고 분명하게 실재했던 고통은 거짓말처럼 없었던 일이 된다.

"제 배가 왜 아팠을까요?"

복통은 가볍고 흔한 내과 증상 중 하나로 그 원인은 다양하다. 가장 흔한 것은 장염이다. 장염은 복통과 함께 구토 또는 설사가 동반되기도 한다. 장염의 원인은 다양하다. 음식, 스트레스 등이 영향을 준다. 같은 음식을 먹었어도 개인마다 가진 장 예민도에 따라 복통의 크기가 다르다. 장염으로 인한 복통은 시간이 지나면서 줄어들고, 하루 이틀 내에 완전히 사라진다.

많은 현대인들은 출근하기 싫을 때 배가 아프다. 소화기 증상을 호소하며 내과를 방문하는 환자의 30%가 과민성 대장 증후군이다. 이들에게 복통은 하루 이틀이 아니다. 복부 팽만감, 설사, 변비 등의 증상이 동반된다. 면접을 앞두고 있거나 시험 직전 등 스트레스가 극에 달하는 상황에서 나타난다. 중요한 상황이면 꼭 나타나는 복통은 불안하고 당황스럽다. 장의 예민도를 감소시키는 약이나 불안을 줄이는 약을 사용하여 증상을 조절할 수 있다. 이들의 복통은 근본적인 원인인 스트레스를 제거하면 사라진다.

대부분의 복통은 시간이 지나면 좋아진다. 당장 특별한 처치가 필요한 것은 아니다. 일단 배가 아프면 아무것도 먹지 않아야 한다. 배를 따뜻하게 하고 배고픔이 느껴지기 전까지 금식을 유지한다. 복통의 원인이 확실하다면 타이레놀과 같은 진통제를 먹어 볼 수 있다. 하지만 복통의 원인이 뚜렷하지 않은 경우 진통제 사용은 의사의 진찰이 필요하다. 공복을 유지하면서 따뜻한 물 정도는 시도해볼 수 있다. 배도 아프지 않고, 공복감이 느껴지면 슬슬 허기를 채워 본다. 이때 음식은 자극적이지 않은 형태가 좋다. 맵고 짠 음식은 피하고 평범한 식사를 시도한다. 식사 후에도 배가 아프지 않고 일상생활로 돌아갔다면 더 이상 고민할 필요는 없다. 원인은 뚜렷하지 않다. 음식, 스트레스 등으로 발생한 가벼운 복통이었을 것이다.

몇몇의 경우에 복통은 결코 가볍지 않다. 의사의 존재의 이유는 이 가볍고도 흔한 복통을 심각한 질환과 분리하는 데 있다. 의사를 만나지 않고서는 그 가벼움을 증명할 길이 없다. 다음과 같은 경우에는 귀찮더라도 병원에 가는 것을 미뤄서는 안 된다.

첫 번째, 복통이 소화기계 증상(설사, 변비, 복부 팽만감 등) 이외에 또 다른 증상이 추가될 때다. '여보세요. 여보세요. 배가 아파요'로 시작하는 아이들을 위한 동요 〈병원놀이〉에서도 '배 아프고 열이 나면' 병원에 가야 한다고 했다. 복통에 더해 열이 나거나 혈변, 검은 변 또는 혈뇨나 소변이 잘 나오지 않을 때이다. 복통은 더 이상 가볍지 않다. 복통과 함께 다른 증상이 동반된다면 반드시 의사를 만나야 한다.

두 번째, 일상생활을 유지하기 힘들 정도의 복통이다. 가벼운 복통은 시간이 지나면 줄어든다. 어느덧 우리는 고통을 잊는다. 하지만 시간이 지나도 복통이 호전되지 않고, 하루 한 번 이상 복통이 생각난다면, 그건 더 이상 가벼운 고통일 수 없다. 일상생활을 할 수 없을 정도로 통증이 심하면 적극적으로 그 원인을 알아볼 필요가 있다. 일상생활의 기본은 먹고 자는 일이다. 복통으로 인해 먹는 것이 힘들고 배가 아파 잠을 깰 정도라면 병원을 방문해 확인받는다.

여기에 개인의 특수한 상황을 고려해야 한다. 여성의 경우 산부인과적 질환으로 인한 복통일 수 있다. 과거 복부 수술을 받은 경우에는 장의 일부가 막히거나 마비로 복통이 나타나기도 한다. 이외에도 복통의 위치도 중요하다. 오른쪽 아랫배는 충수염(맹장염), 오른쪽 윗배의 통증은 담낭염을 의심한다. 이런 복통은 시기를 놓치면 위험해질 수 있다.

가벼운 복통과 가볍지 않은 복통. 의사는 진찰과 검사로 복통의 무게를 가늠한다. 그 무게를 측정하기 위해서는 일단 의사를 만나야 한다. 병원에 갈까 말까 고민이라면 가면 된다. 대부분 괜찮겠지만, '괜찮다'는 소견은 의사에게 들어야 할 소리다.

복통으로 이른 아침부터 의사를 찾은 환자, 내가 내게 말한다.

"오늘 있었던 복통의 원인을 정확하게 밝혀낼 수는 없습니다. 지금 증상이 완전히 사라졌다면 괜찮습니다. 하지만 복통이 사라지지 않고 반복적으로 나타나거나, 다른 증상이 동반될 때, 꽈배기를 입에 물 수 없을 정도로 일상생활이 힘들다면 지체하지 말고 다른 의사에게 도움을 요청하세요."

폐렴을 조우하지 않는 3가지 방법

암, 심장질환, 폐렴. 우리는 이 세 가지 질환 중 하나로 생을 마감하게 될 확률이 높다. 2019년 통계청에서 발표한 3대 사인이다. 10년 전만 해도 폐렴은 주요 사인이 아니었다. 10년 전 사망 순위 9위였던 폐렴은 2019년도에 3위를 차지할 정도로 지속적으로 늘어나고 있다. 2019년 한 해 동안 폐렴 사망자 수는 2만여 명으로 10년 전에 비해 3.7배 증가했다.

죽음 앞에서 모든 질환이 안타깝지만, 폐렴으로 생을 마감하는 경우 아쉬움이 가장 크다. 폐렴은 폐에 불이 지펴지면, 손쓰지 못할 정도로 순식간에 퍼지는 무시무시한 질병이다. 하지만 제때 불을 끄면 완치가 가능하다. 게다가 걸리지 않도록 미리 예방할 수도 있다.

우연히 태어나서, 우연하게 병에 걸리고, 우연히 생을 마감한다. 운명적인 삶을 사는 우리가 우리 앞에 나타날 수많은 경우의 수 중에서 하나라도 줄일 수 있다면 그것보다 좋은 우연은 없을 것이다. 우연히라도 폐렴을 만나지 않도록 예방하는 방법을 소개한다.

폐렴은 세균, 바이러스, 진균 등 병원균에 의해 폐에 염증이 생기는 질병이다. 폐렴이 발생하는 '이유'는 크게 두 가지다.

첫 번째, 면역력이 떨어지는 경우다. 우리의 코, 비강, 구강, 목구멍 안에는 정상적으로도 세균, 바이러스들이 살고 있다. 이들을 구인두 상재균이라고 한다. 면역력이 정상일 때 이런 균들은 문제를 일으키지 않는다. 그런데 면역력이 떨어지면 구인두 내에 있던 균들이 폐로 미세하게 흘러들어가 염증 반응을 일으킨다. 기저 질환이 악화되거나 스트레스가 심한 경우에 발생하며, 면역 저하자에게서 더 쉽게 나타난다.

두 번째, 세균, 바이러스에 감염된 사람으로부터 병원균이 옮겨질 때이다. 인플루엔자, 코로나19 바이러스, 결핵균 등 감염자의 기침, 재채기로 공기 중에 병원균들이 흩뿌려진다. 흩뿌려진 비말, 공기를 타고 병원균이 전염된다. 감염 여부 및 질병의 중증도는 평상시에 가지고 있는 자신의 면역 상태에 따라 달라진다.

폐렴을 예방하는 '방법'은 앞서 설명한 두 가지 상황을 피하는 것이다.

첫 번째는 면역력이 떨어지지 않도록 한다. 정상 상재균이 폐에 염증을 일으키는 건 면역력이 떨어지는 상황에서다. 특히 나이 든 어르신, 기저 질환을 가지고 있는 사람에게서 면역력은 쉽게 저하된다. 만약 기저 질환을 가지고 있다면, 이에 대한 치료가 우선이다. 만성 심혈관질환, 폐 질환, 간질환, 신장질환 등을 가지고 있다면, 해당 질환을 관리하는 것이다.

면역력에 있어 기본은 먹고 자는 일이다. 우리가 자는 동안 T 세포, NK 세포 등 면역 세포들의 기능이 활발해진다. 충분한 수면으로 병원균에 대한 공격력을 높여 면역 세포가 제대로 일을 할 수 있도록 돕는다. 신선한 채소, 과일, 곡물 등 영양가 풍부한 식재료로 면역력이 고갈되지 않도록 한다.

체온이 떨어지면, 면역력이 감소한다. 특히 밤낮 기온이 변하는 환절기에 자칫하면 체온이 떨어져 면역력이 떨어지기 쉽다. 따뜻한 물을 자주 마셔 체온이 떨어지지 않도록 한다.

적절한 운동은 스트레스를 감소시킨다. 운동으로 혈액 순환이 원활하게 되면 면역세포의 흐름이 활발해진다. 부교감신경이 활성화되어 면역력을 향상시키는 데 도움이 된다.

금연해야 한다. 흡연을 많이, 오래 할수록 면역세포가 망가져 면역기능이 떨어진다. 흡연자가 금연한다고 곧바로 면역력이 회복되는 건 아니다. 면역력은 시간을 두고 천천히 회복된다. 면역력 회복 시간을 생각한다면 오늘 당장 금연해야 한다.

면역력 강화를 위한 행동은 내 몸을 튼튼하게 하는 것이다. 먹고, 잘 자는 것, 적절한 운동, 금연 등 건강한 생활 습관은 벽돌을 하나하나 쌓아 올리는 일이다. 내 몸이 무너지지 않도록 성을 쌓는다.

두 번째는 병원균이 내 안에 들어오지 않도록 하는 것이다. 공기 중에는 눈에 보이지 않지만, 수많은 병원균이 떠다닌다. 병원균의 침입을 막기 위해 마스크를 쓰고, 수시로 손을 씻는다. 코로나19 시기에 진료실에서는 독감 및 감기 환자가 크게 줄었다. 마스크 쓰기, 손 씻기 등 개인위생을 강조한 덕에 호흡기 질환이 예방된 것이다. 기본적인 개인위생에 힘쓰면 병원균의 침입을 막을 수 있다.

세 번째는 예방접종이다. 병원균이 들어와도 내가 준비되어 있으면 된다. 백신 접종은 병원균에 대항하는 병사들을 만들어주는 일이다. 전염병을 예방하는 가장 효과적인 방법이다. 폐렴을 예방하기 위해 맞아야 할 예방 접종의 종류는 3가지다.

가장 먼저 소개하는 백신은 65세 이상의 어르신과 면역 저하자들에게 권고되는 폐렴 사슬 알균 백신이다. 폐렴 예방 주사로 알려져 있다. 이 백신은 폐렴 사슬 알균을 예방한다. 폐렴 사슬 알균은 폐렴의 가장 흔한 원인균이다. 현재 국내에서 접종할 수 있는 폐렴 사슬 알균 백신은 두 가지이다. 비용이 저렴한 23가 다당류 백신과 상대적으로 비싼 13가 단백 결합 백신이다. 고령, 만성질환자에게 23가 다당류 백신은 폐렴 예방 효과가 미미하기 때문에, 먼저 13가 단백 결합 백신 접종을 추천한다. 13가 단백 결합 백신 접종 후 일정 간격(최소 8주, 보통 1년)을 두고 23가 백신을 접종한다. 13가 백신은 평생 한 번만 맞으면 된다. 23가 백신은 65세 이상에서는 1회, 65세 미만에서 5년 간격으로 두 번 접종한다.

다음은 매해 맞아야 하는 인플루엔자(독감) 백신이다. 전 연령에게 권한다. 국내에서 인플루엔자와 그로 인한 합병증으로 인한 사망자가 연간 3000명이다. 매년 유행하는 인플루엔자 바이러스를 예측하여 만들기 때문에 해마다 맞아야 한다. 유행하는 바이러스와 백신의 바이러스 주가 일치하면 70~90% 예방 효과를 보인다.

여기에 최근 추가해야 할 백신이 생겼다. 2019년도 말부터 대유행 중인 코로나19 백신이다. 코로나19 백신을 접종하면 심각한 폐렴, 사망으로의 진행을 막을 수 있다. 성인 모두가 예방 접종 대상이다. 특히 면역력이 떨어져 있는 만성 질환자, 고령에서는 치사율이 높으니 반드시 접종할 것을 권한다.

완벽하게 준비된 선장이라도 뜻하지 않게 풍랑을 만나곤 한다. 모든 것이 완벽하여도 폐렴에 걸릴 수 있다. 면역력 강화, 개인위생, 백신 접종은 풍랑을 만날 확률을 줄이고, 파도의 높이를 낮춰줄 수 있다. 아무리 거센 파도를 만나더라도 휩쓸려 가지 않으면 된다. 매일 하는 건강한 습관, 그리고 건강에 대한 관심이 쓰러지지 않는 힘을 가져다줄 것이다.

코로나 삼 년, 잃은 것과 얻은 것

"아, 마스크!"

코로나 3년으로 우리의 일상은 바뀌었다. 외출 전에 반드시 챙겨야 하는 건 지갑이 아닌 '마스크'다. 두 살배기 어린 조카도 집 밖을 나설 때는 마스크 착용을 당연하게 여긴다. 웬만하면 마스크를 벗지 않으므로 최근엔 낯모르는 누군가의 입을 본 일이 없다. 길을 가다 헉헉거리는 개의 입조차 낯설다. 갑갑하고 불편했던 마스크였지만, 이제는 마스크가 없으면 어색하다. 마스크는 사람들의 입에 채운 수갑이다.

야생 동물과의 거리 조절을 실패한 결과로 인간들 사이에는 거리 두기의 형벌이 지어졌다. 접촉하지 않으려 애쓴다. 직장뿐 아니라 학교조차 가지 않을 방법을 연구한다. 재택근무,

원격 수업이 일상이 되었다. 매장 점원이 없어도 무엇이든 살 수 있는 무인시대가 되었다.

빛과 그림자는 늘 함께한다. 인류의 큰 재난으로 기억될 이 역사가 가져온 밝은 면도 있다. 얼굴을 반쯤 가린 마스크 너머로 나는 치아를 환하게 드러내고 더 자주 웃었다. 마스크 쓰기와 더불어 손 씻기 등의 개인위생 강화로 감기, 독감 등의 감염성 질환이 크게 줄었다.

거리 두기의 또 다른 말은 끼리끼리다. 가족끼리, 연인끼리, 친구끼리, 직장 동료끼리 거리를 두지만 가까운 사람은 더 밀접하게 만들었다. 그렇게 사람들은 끼리끼리 거리 두기를 했다.

아주 먼 거리가 순식간에 짧아지기도 한다. 코로나는 서로를 드나드는 자유를 빼앗았다. 하지만 한 번의 클릭만으로 뉴욕에서 서울로, 전 세계 어디에서든 가수 방탄소년단BTS의 콘서트를 관람할 수 있게 되었다.

직접 대면하지 않지만, 더 자주 접촉할 수 있는 세상이 왔다. 온라인 수업, 화상 통화 등 상대방에게 침 튀기지 않을 뿐 더 자주 마주하고 사귈 수 있는 환경이 되었다.

누군가는 직장을 잃기도 했지만, 전에 없던 일자리가 생기기도 했다. 코로나로 손님의 발길이 끊기기도 하고 코로나 특수로 사업이 흥한 경우도 있다. 만나는 인원수를 헤아리게 했지만, 반드시 만나야 할 사람은 만나게 했다. 질병을 의지대로 조절할 수 있다고 착각하는 인간에게 아무런 잘못 없이 환자가 될 수 있음을 알게 한다. 일상을 잃었지만 반복되는 일과의 소중함을 깨닫게 했다. 무한할 것만 같은 인생에 유한의 의미를 생각하게 한다.

코로나는 우리 삶을 복잡 단순하게 만들었다.

하지만 변화무쌍한 코로나 시대에 영원한 것도 있다. 인류애는 서로를 생각하고 위하는 마음이다. 우리는 인간이 저지른 실수를 인류애로 수습한다. 서로의 나약함을 알아보고 안부를 궁금해한다. 서로를 위로한다. 처음에는 타인의 감염 때문에 쓰고 다녔던 마스크였지만, 이제는 나의 감염이 누군가에게 전염될지 모른다는 걱정으로 쓰고 다닌다. 개인의 마스크는 우리를 위한 마스크로 그 의미가 확대된 지 오래다. 백신 접종도 마찬가지다. 나를 보호하기 위해 맞았던 백신은 부모, 아이, 가족, 결국엔 당신을 위해 맞은 한방이었다.

코로나의 운명을 조심스럽게 예측해 본다. 역사는 돌고 돈다는 점에서 2009년 유행했던 신종 플루와 비슷한 운명을 가질 것이다. 신종 플루는 당시 전 세계 인구의 11~21%를 감염시켰다. 10년이 훌쩍 넘었어도 인플루엔자 바이러스는 완전히 사라지지 않았다. 지금도 인플루엔자, 독감을 예방하기 위해 매해 독감 예방 접종을 한다.

신종 플루처럼 코로나 바이러스도 완전히 사라지지 않을

것이다. 자연과의 거리 두기를 실패한 대가로 함께 살아가야 한다. 매해 백신을 맞고 코로나가 가볍게 앓고 지나가기를 바란다. 면역력이 떨어지는 이들은 마스크를 생활화해야 할 것이다. 감염자가 되면 타인과 거리 두기를 하며 서로의 안부를 묻는다. 코로나와 함께 공존할 날이 다가오고 있다. 우리의 노력은 결코 헛되지 않을 것이다.

드라마 〈서른아홉〉, 미루지 않아야 할 것들

꼭 봐야지 하고 미루어 두었던 숙제 하나를 마쳤다. 드라마 〈서른아홉〉이 끝났다. 올해 서른아홉이 된 나는 이 드라마를 허투루 볼 수 없었다. 처음부터 결말이 정해져 있던 드라마였다. 예상했던 대로 주인공 찬영은 단짝 친구 미조와 주희, 연인이었던 진석, 부모님을 세상에 남겨두고 떠났다. 그녀는 생존율 0.8%라는 췌장암 말기를 진단받고 의학적 치료를 거부한다. 세상에서 가장 신나는 시한부로 1년여 남짓을 살았다. 서른아홉이 된 미혼 친구들의 우정과 사랑, 겨우 서른아홉에 겪게 되는 죽음, 그로 인한 이별과 상실을 그린다. 빛나는 청춘에 맞이하는 죽음은 안타깝고 슬프다. 겨우 서른아홉에 말기 암이라니…. 허구를 바탕으로 한 드라마지만 있을 법한 이야기다.

인간은 죽음 앞에서 나약한 존재다. 아무리 친한 친구, 연인이어도 질병의 고통을 나누어 줄 수가 없다. 오롯이 혼자만의 몫이다. 특히 암이라는 질병에서 말이다. 암 진단과 함께 환자는 또 다른 고민이 시작된다. 매 순간이 고민이고 선택이다. 나중으로 미룰 수 없는 문제다.

항암 치료받을까 말까. 살아남을 확률이 0.8%에 불과한 췌장암. 그녀는 일찌감치 치료를 받는 것이 의미가 없다고 결론 내린다. 예정된 그녀의 죽음에 친구, 가족은 아쉽고 안타깝다. 항암 치료를 권유한다. 환자에게는 치료를 받을지 말지 선택할 자기 결정권이 있다. 종교적 이유, 삶에 대한 가치관, 치료에 대한 불신, 부작용에 대한 염려 등 다양한 이유로 치료를 거부할 수 있다. 치료에 대한 결정은 환자 스스로 하는 것이 맞다. 하지만 그의 선택에 우선하여 자신의 상태, 자신이 받을 치료에 대해 정확하게 알 필요가 있다. 전문가와 충분히 상의한 끝에 자신의 상태를 냉정하게 바라보고 내린 결정이어야 한다. 그것을 바탕으로 치료를 거부하고 세상에서 가장 신나는 시한부로 살기로 한 그녀의 선택을 응원한다.

암이라는 사실을 알게 되었다면, 부모님에게 어떻게 알려야 할까. 씩씩하던 찬영도 말하기를 주저한다. 말하기 위해 찾아간 부모의 식당에서 자신이 시한부라는 사실을 쉽게 꺼내지 못한다. 친구 미조와 가서 끝내 밥만 먹는다. 찬영의 남자 친구 진석이 유부남인 사실을 알고 그녀를 호출한 엄마 앞에서 끝이라 생각될 때에서야 자신이 시한부임을 터놓는다.

"죄송해요, 췌장암 말기야. 얼마 못 산대."

누구의 잘못도 아니지만, 죄송하다는 말이 나오는 것은 남겨질 부모에 대한 미안함 때문일 것이다. 가장 힘든 것은 자신일 텐데도, 환자는 주변인이 먼저 걱정된다. 나의 아픔으로 함께 힘들어할 이들이 떠오르니 다시 또 고통스럽다. 부모의 입장도 마찬가지다. 아픈 자식을 지켜보는 것만큼 속상한 일이 또 있을까. 자신이 슬퍼하는 모습을 보고 힘들어할 자녀 때문에 슬픔을 마음껏 드러내지도 못한다. 자식 앞에서 슬픔을 견디고 울음을 삼킨다. 아무도 없는 강가에서 홀로 울며 슬픔을 흘려보낸다.

환자의 삶은 견디는 것이다. 치료를 받는 것도, 치료를 거부한 환자도 견디지 않고는 다른 방법이 없다. 환자뿐 아니라, 사랑하는 이의 상실에 대해 남겨진 사람이 할 수 있는 것 또한 견디는 것이다. 어쩌면 우리가 배워야 하는 것은 잘 견디는 법일지도 모른다.

2020년 통계청 발표에 따르면 세상을 떠나는 사람들의 흔한 원인 질병 첫 번째는 암이었다(27%). 나날이 질병에 관한 치료제가 발전하고 있지만 인류는 암을 완벽하게 정복하지 못했다. 기대수명(83세)까지 생존할 경우 남자는 다섯 명 중 두 명, 여자는 세 명 중 한 명꼴로 암에 걸린다. 암에 걸리지 않기를 바라는 것은 불가능하다.

그렇다고 해서 암이 곧 죽음을 의미하는 것은 아니다. 찬영은 자신의 장례식장을 떠올리며 부고 명단을 작성한다. 밥 한 번 먹자고 연락 오면 함께 하고 싶은 사람들, 살아생전에는 바쁘다는 핑계로 만나지 못하고 결국엔 장례식장에서 만나게 될 사람들이었다. 부고 명단을 넘겨받은 미조는 브런치 식사에 그들을 초대한다. 부고 명단을 브런치 리스트로 만들어준 친구들 덕에 만나고 싶었던 사람들과 마지막 식사를 한다. 모두가 모인 자리에서 그녀의 첫 마디, 이승에 남겨지게 될 이들에게 그녀가 해주고 싶었던 말은 "건강 검진 꼭꼭 하시라"는 거였다. 조기 검진은 예방 가능한 암을 발견하는 첫 번째 수단이다.

암 발생은 나이에 비례하여 증가한다. 그게 마흔 무렵부터다. 드라마가 마흔을 코앞에 둔, 서른아홉이어야 하는 이유다. 서른아홉의 '찬영'처럼 마흔을 맞이할 무렵부터는 암에 대한 검진을 더 철저하게 해야 한다. 증상이 없을 때 발견한 질병은 그렇지 않은 경우보다 좋은 예후를 기대할 수 있다.

어쩌면 우리는 결말이 정해진 드라마를 살고 있는 셈이다. 세상에서 죽지 않는 사람은 없으니, 자신의 인생 전체를 드라마화 한다면 그 결말은 죽음일 수밖에 없다. 모든 사람이 죽는다는 사실은 변함없지만 세상을 떠나는 사람은 그냥 떠나는 법이 없다. 친밀하고 소중한 사람의 죽음은 자신을 돌아보게 한다. 사랑하는 사람들과의 만남, 우정, 사랑 그리고 건강 검진, 무엇이든 뒤로 미루지 말아야 한다. 그녀의 삶이 안타까운 것은 더 이상 미룰 수 없다는 데 있다. 비록 그녀는 세상을 떠났어도 세상은 좀 더 나아질 것이다.

건강해진 이유를 환자는 왜 모를까

한 달 만에 본 그녀는 본인의 건강이 예전보다 좋아졌다고 했다. 고지혈증, 고혈압으로 한 달에 한 번씩 약을 받아 가는 분이다. 지난달 체중이 72kg이었는데, 이번 달에는 70kg으로 체중도 빠지고 몸이 가벼워졌다고 한다. 지난달에 진료를 보며 체중을 감량해야 함을 설명했는데, 한 달 만에 2kg을 줄여왔다. 의지만으로는 되지 않는 문제다. 어떤 변화가 있었냐고 물어보았다. 환자는 자신만 알고 있는 비법이 있다는 듯이 내게 그 이유를 말해 주었다.

그녀는 최근 지인의 소개로 한의원에 다니고 있었다. 한의원에서 본인은 '무' 체질이었다. 야채도 '무' 위주로 먹어야 하며 돼지고기는 먹지 말고, 소고기만을 먹어야 한단다. 한의원에서는 사람마다 '무, 상추, 깻잎'으로 체질을 나누고 그에 따라 먹어야 할 음식과 먹지 말아야 할 음식을 교육하고 있었다.

그런 한의사의 조언에 따라서 이번 김장철에는 배추김치보다 깍두기, 총각김치, 알타리무김치를 더 많이 담갔다고 한다. 일주일에 한 번씩 한의원에 가서 몸의 여러 군데에 침을 맞고 있었다. 그곳은 배우 엄기준처럼 잘생긴 한의사들이 자상하게 침을 놔주기 때문에 할머니 환자들이 끊임없이 오는 곳이란다. 한의사들의 따뜻한 손길에 그곳의 환자는 건강해진 몸으로 대답한다. 내게 와서 한의원의 신통함을 고백한다. 그녀에게 있어 체중도 빠지고 몸이 가뿐해진 것은 모두 다 한의원 덕분이었다.

문득 나는 나에게 오는 우리 환자들을 떠올려본다. 내게 몇 년을 다녔어도 혈압, 혈당이 잘 조절되어도 이게 다 의사 덕이라고 기뻐하는 환자는 본 적이 없다. 엄기준처럼 생겼을 한의사를 떠올리며 그가 부러웠다. 내가 만약 배우 이영애 외모를 가진 의사였다면 환자들이 조금은 알아줬을까. 씁쓸한 마음을 달래며 환자를 추궁했다. 환자 말대로라면 한의원에서 한 것이라고는 침을 맞는 것 밖에는 없는데 한 달도 되지 않아서 효과가 나타났다. 그런 실력이 없는 나는 내 의사면허증을 반납해야 할 것 같았다. 그녀는 다시 곰곰이 생각해 보더니 입을 열었다.

그녀는 한 달 전쯤 장애 학생들을 도와주는 일을 다시 시작했다. 코로나19로 인해 일자리 없이 지내다 다시 일을 시작한 것이다. 그래서 자연스럽게 하루에 만보쯤은 걷게 되었다고 한다. 규칙적인 생활로 인해 혈압약, 고지혈증약도 잘 먹게 되었다.

드디어 의문이 풀렸다. 어렵게 딴 내 의사면허증을 반납하지 않아도 되겠다. 환자가 느낀 건강함은 본인 스스로 만든 것이었다. 하루 이천 보도 걷지 않았던 그녀가 만보를 걸었다. 걷기는 칼로리를 소모시키고, 근육 손실을 예방한다. 체중 조절을 돕는다. 적절한 신체 활동은 혈압·혈당을 낮춘다. 걷기로 만성 질환을 관리하고 예방할 수 있다. 게다가 흰쌀밥에서 현미밥으로 밥상을 바꾸고, '무' 위주이긴 하지만 채식 위주로 식탁을 꾸렸으니 체중이 빠지고 건강해지는 것은 당연한 일이다.

환자의 건강에 있어 한의사의 공로를 의심하는 것이 아니다. 분명 한의사의 동기부여 및 침 시술이 한몫했을 터이다. 체중을 감량해 보자고 조언한 나와 내가 처방한 약들도 그녀의 건강에 조금은 기여했을 것이다. 그러나 무엇보다 그 조언들을 지키려고 노력한 것, 식탁을 바꾸고 활동량을 늘린 것은 환자 자신이다. 그렇기에 모든 공은 환자에게 돌아가야 한다.

환자에게 공을 돌렸더니, 그는 부끄러워하며 손사래를 쳤다. 그는 갸름해진 얼굴을 자랑하고 싶지만 마스크를 써야 하기 때문에 남들이 알아주지 못한다고 아쉬워하며 진료실 문을 나섰다. 그가 진정 더 자랑스러워야 할 것은 마스크를 벗어도 남들은 절대 모른다. 그것은 건강해진 심장과 혈관 등 신체 장기들이다. 그렇게 나의 건강은 남들은 결코 모를 수밖에 없는 일이다. 건강에 대한 책임과 공은 본인 스스로에게 있다. 나의 건강은 의사가 처방하는 알약이 아니라, 하루하루 내가 쌓아가는 건강한 습관들 덕분이다.

에필로그

대한민국에서 여자 의사가 글을 쓴다는 것은

씁쓸한 개원가의 현실을 그린 웹툰 〈내과 박원장〉은 의사들 사이에서 입소문으로 유명한 만화였다. 서서히 유명세를 치르더니 배우 이서진을 주연으로 한, 동명의 드라마로 제작 방영되었다. 우리들의 이야기라고 생각했던 〈내과 박원장〉이었는데 많은 사람들이 박원장을 이해하기 시작했다. 작가 장봉수 선생님은 25년간 걸어왔던 의업을 때려 치우고 본격적으로 만화를 그리겠다고 선언했다. 그는 이제 의사 가운을 벗고 전업 작가가 되었다.

시대의 흐름에 따라 봉직 중인 평범한 여자 의사의 삶에 대한 글 하나쯤은 나올 시기가 되었다. 내 이야기를 책으로 만들어 보려고 한다.

나는 대한민국을 대표하는 여자 의사가 아니다. 글을 쓴다는 것 자체가 이미 대표성을 상실했다. 이과인들로 똘똘 뭉친 여자 의사들 사이에서 매우 독특한 이력을 가진 사람일 것이다.

여자 의사들이 쓴 책들 대부분은 의사 가운을 입고 쓴 책들이었다. 책 속의 여의사들은 빈틈 하나 없고 완벽해 보였다. 물론 그들도 나름의 고충이 있을 테지만 활자 속 여의사들의 생활은 우아하기만 하다. 나도 의사가 되면 그럴 줄 알았다. 하지만 오늘도 환자는 내 능력 밖이고, 그들을 설득하기 위해 우아는커녕 목청만 굵어지는 우악스러운 삶을 살고 있다. 단련된 목청소리에 스스로 놀랄 때가 한두 번이 아니다.

애초에 빈틈이 많은 사람으로 그 빈틈을 메우기 위해 수많은 노력을 해야 했다. 의사가 되니 어찌 된 일인지 나의 빈틈은 더 커지고만 있다. 그 구멍을 없애기 위해 내 몸을 얼마나 갈아야 했는지, 아무도 모를 것이다. 가운만 입고 있으면 그럴듯한 완벽한 여의사가 되니까 말이다.

1000명의 여의사가 있다면 1000가지 삶이 있기 마련이다. 모든 여의사들의 삶이 우아할 수만은 없다. 사람들에게 외치고 싶었다. 대나무 숲에서 '임금님 귀는 당나귀 귀다'라고 외치는 것처럼 모든 의사가 다 그런 것은 아니라고….

완벽을 추구하는 여자 의사 사회에서 내 글은 한없이 부족하다. 모든 여의사들에게 일일이 찾아가, 의견을 구해야 마땅하지만 내게는 그럴 능력이 없다. 999명 여의사들의 동의를 구하고, 문장 하나마다 레퍼런스를 달아야 한다. 오차 범위를 구하고 p-값(통계적 유의성)을 계산해야 한다. 그것들을 모두 완벽하게 첨부한다 하더라도, 일부 여의사들은 반론을 제기한다. 의사 면허 경력 고작 10여 년, 그것으로 전부를 파악할 수 없다며 일부 예외 사례일 뿐이라며 제한점을 찾아낼 것이다. 아마도 생이 끝날 때까지 모두를 만족할 만한 글은 쓸 수 없을 것이다.

"이 글 보셨어요? 이런 글을 왜 쓰는 건지 모르겠네요."

어느 의사 사이트에서 내 글 〈대한민국에서 여자 의사로 산다는 것은〉에 대한 갑론을박이 펼쳐졌다. 내 글을 본 어느 여의사는 우리들의 이야기라 공감이 간다고 했고, 또 다른 이는 왜 이런 이야기를 쓰는 건지 이해하지 못하겠다고 했다.

우리끼리만 해도 될 이야기를 세상 밖으로 내보내는 이유는 우리도 이 사회의 한 구성원이기 때문이다. 우리들 안에서만 돌고 도는 자조적인 이야기는 아무런 힘이 없다. 우리는 우리를 이해하지 못하는 사람들에게 상처를 받았다고 하지만 그들은 우리를 이해할 필요가 없다. 세상 밖으로 나가지 못한 이야기는 오해만 쌓일 뿐, 아무런 변화도 불러오지 못한다. 사정을 알고 나면 오해는 이해가 된다. 당연한 것이 당연하지 않게 된다.

영향력 없는 어느 여의사의 고백으로 세상은 변하지 않는다. 내 글은 태평양 한가운데 있는 나비의 날갯짓에 불과하다.

하지만 날갯짓조차 없는 사회는 죽은 사회나 마찬가지다. 미약하지만 움직이고 있다는 것이 우리가 여기 이곳에 살아있다는 증거다.

나의 글은 이제 진료실에만 갇힌 의사로는 먹고살기 힘들다는 반증이기도 하다. 흔해 빠진 의사들의 유튜브는 웃통쯤은 벗어야만 사람들의 관심거리가 된다. 의사들도 각종 소셜미디어에서 라이브 켜고 약 파는 세상이다.

의사들의 책에는 주로 환자들의 이야기가 담겨 있다. 환자 이야기 대신, 먼저 나의 삶에 대해 말하고 싶었다. 솔직하게 쓴 책이지만 여의사라는 신분을 밝힌 이상 품위를 손상시키지 않으려고 노력했다.

함께 글을 쓰고 싶다. 우리는 서로의 노고를 알지만, 사람들은 알 수 없다. 가끔씩은 가족들조차 모른다. 어쩌면 우리에 대한 오해는 기록하지 않았기 때문일 것이다. 기억은 쓰는 자의 것이며 기록하는 것만이 살아남는다. 사람들은 기록된 것만 믿는다. 말해도 소용없을 거라 생각했던 일들이 세상 밖으로 터져 나왔을 때 우리를 응원하는 사람은 반드시 존재한다. 단 한 사람일지라도 일면식 없는 누군가 나를 지지하고 있다는 상상만으로도 힘이 난다. 글 쓰는 여자 의사로 여의사의 쓸모가 하나 더 추가되어도 좋을 것이다.

'임경선과 요조'처럼, '김하나와 황선우'처럼.

여의사들의 교환일기 한번 써봤으면 좋겠다. 더불어 나보다 먼저 살아온 선배들이 그래도 여자 의사의 삶은 우아했노라고 말해주길 소망한다.

내가 썼던 글을 찾으면서 나를 돌아본다. 나는 일필휘지로 한 번에 좋은 글은 써내지 못한다. 읽을 만한 하나의 글은 초고, 수정본, 최종본을 거쳤다. 최종본은 다시 최종본 수정, 최종본 수정 1, 최종본 수정 2의 제목을 가지고 있었다.

전공의 발표 때도 그랬다. 잠을 쪼개가며, 병동의 전화를 받아 가며 만들었던 파워포인트 발표 자료는 첫 번째, 두 번째 버전을 거쳤다. 아홉 번째쯤 가다가 발표 전날에 이르러서야 최종본이 완성되었다. 거기서 끝이 아니었다. 발표 직전에는 최종본의 수정 버전 1, 버전 2 정도까지 붙어야 마음이 놓였다.

책으로 나오는 걸 고대하는 이유는 더 이상 고칠 수 없는 순간에 다다르고 싶기 때문이다. 여러 버전으로 만들었던 문서는 교수님들 앞에서 발표를 마쳐야 더 이상 고치지 않게 되었다. 학위 논문의 수정 역시 학술지에 게재되고 나서야 끝났다. 그제서야 다른 상위 버전이 나오지 않았다. 나의 글들의 마지막 버전이 될 날을 기다린다. 그동안 나는 또 얼마나 많은 원고들의 버전을 만들어 내야 할까. 지난한 과정은 이제부터 시작이다.